TOEFL

李英松／著

托福字彙 下冊二

An onerous task is one which is burdensome. 繁重的(形容詞)

To speak ruefully mean 悲傷地(副詞)

A raucous sound is hoarse. 沙啞的(形容詞)

A rendezvous is a meetin 會合地(名詞)

To exemplify means to illustrate. 例示(不定詞)

To mesmerize persons is to hypnotize them. 迷惑(不定詞)

A valid s 確實的(形

Irony refers to sarcasm. 諷刺(名詞)

A parody is an imitation. 模仿(名詞)

To affiliate w 結交，聯絡

ze persons is to hypnotize them.

An indolent man is one who is lazy. 懶惰的(形容詞)

An insolent 無禮的，侮慢

Cohesion refers to unity. 團結 (名詞)

A tithe is given to a g 交稅 (名詞)

ns to be charged.

A vocation 職業 (名詞)

statement, you confirm it.

facetious is happy. 玩笑的(形容詞)

Egotists think of themselves. 自私 (名詞)

A vestig 痕跡 (名

An antidote refers to a subscription. 對策，認捐 (名詞)

An anthropologist is one who studies

自序

　　研讀過本系列書上冊和中冊的讀者們，紛紛來信詢問筆者一個問題：「除了從句子當中去認識英文單字之外，還有其它的方法去了解更多的字彙嗎？」答案是肯定的。

　　大家都知道，我們現在所使用的漢字，是從象形、指事、會意、形聲、轉注和假借六種方式演變而來。至於英文字和世界上很多國家的文字，都有類似的情況演化形成。

　　因此，一方面我們可以從字本身的意義或與其意義相類似的字下功夫，進而牢牢的記住這個字。另外一方面，我們可以從字的字首、字根或字尾切入。因為一個字的字首、字根或字尾相同，那麼它們的意義是在同一個精神和同一個象徵之範圍內的。如此一來，我們就可以收集更多的字進入腦海中，隨時可以加以運用。

　　由於交通的發達，氣候的變遷以及科技的進步，英文字不斷的增新字，也慢慢的廢棄冷僻少用的字。我們使用英文當中，可以發現很多是外來字。有的直接引用不改任何字母，有的卻仿造它們的發音而創造出英文字。在二十六個字母之中，排列組合千變萬化，怎不令我們感到好奇？怎不令我們立下決心學好它？

　　台灣有句諺語「吃果子拜樹頭」；我們對於先人的智慧與巧奪天工，為這個世界創造了文字與語言，讓我們人類間溝通無障礙，促進了社會的繁榮，令人佩服，我們也應心存感恩。

「靠山吃山，靠水吃水」眞的是不可靠。「三分天才，七分努力」，「流多少汗，結多少果」以及「臨淵羨魚，不如退而結網」這些古人名言，我們人人耳熟能詳，也朗朗上口。但是，如果沒有下定決心立即行動，蘋果會掉在我們的手上嗎？如果沒有勇氣接受失敗的打擊，魚會跳到我們的餐桌上嗎？

最後，非常希望讀者們多多指正書中的錯誤，以供日後再版時加以修改。萬分感謝讀者們的一路相伴，使得本系列書(托福字彙)上冊、中冊和下冊共三本書全部完成。同時很期待，本系列書能給讀者們不管在試場上或職場上有一些些的幫助，作者在此衷心的祝福每一位讀者心想事成！

TOEFL

托福字彙

3001. succedaneum (a substitute)

> 註解　代理人(物)－只當名詞

3002. hinder (obstruct; impede; clog)

> 註解　阻止－只當動詞

3003. accelerate (speed; expedite)

> 註解　催促－只當動詞

3004. oversee (supervise; direct)

> 註解　監督－只當動詞

3005. slight (frail)

> 註解　輕微的－可當形容詞和動詞

3006. lavish (extravagant; wasteful; profuse)

> 註解　浪費的－可當形容詞和動詞

3007. provident (thrifty; cautious)

> 註解　慎重的－只當形容詞

3008. gallantry (heroism; intrepidity; valor)

> 註解　英勇－只當名詞

3009. circumcise (to remove the prepuce of a male or an analogous on a female as a religious rite)

> 註解　割包皮或陰唇－只當動詞

3010. scoundrel (scamp)

> 註解　無賴－只當名詞

3011. crafty (sly; cunning; designing)

> 註解　狡猾的－只當形容詞

3012. soundness (truth)

> 註解　確實－只當名詞

3013. detonate (to explode with suddenness and violence)

> 註解　爆炸－只當動詞

3014. curbed (checked; moderate; temperate)

> 註解　節制的－只當形容詞，但原型可當名詞和動詞

3015. pert (impudent; insolent)

> 註解　無禮的－可當形容詞和名詞

3016. affable (well-behaved; courteous)

> 註解　友好的－只當形容詞

3017. sneering (scornful; sarcastic; distrustful)

註解　嘲笑的－只當形容詞

3018. optimistic (trusting)

註解　樂觀的－只當形容詞

3019. flexible (pliant; limber)

註解　有伸縮的－只當形容詞

3020. inflexible (rigid)

註解　僵硬的－只當形容詞

3021. enchant (charm; captivate)

註解　迷醉－只當動詞

3022. repel (repulse)

註解　排斥－只當動詞

3023. pace (tempo; swiftness)

註解　速度，步法－可當名詞和動詞

3024. assured (decided; settled)

註解　確信的－只當形容詞

3025. foul (repulsive; wicked; contemptible)

註解　不光明的－可當形容詞，動詞，名詞和副詞

3026. elevated (pure; good)

註解　高尚的－可當形容詞和名詞

3027. pet (caress; stroke; cuddle)

註解　寵物，愛撫－可當形容詞，動詞和名詞

3028. spurn (strike; neglect)

註解　踢開－可當名詞和動詞

3029. diffuse (scattered)

註解　散布－可當動詞和形容詞

3030. beggared (indigent; deprived; needy)

註解　貧窮－只當形容詞

3031. prospectus (a report or statement which describes forthcoming literary work)

註解　內容說明書－只當名詞

3032. delay (vacillate; pause; object)

註解　延後－可當動詞和名詞

3033. accede (agree)

註解　同意－只當動詞

3034. prim (unobtrusive; sedate; diffident)
　　　　註解　　主要的－可當形容詞，名詞和動詞

3035. frivolous (immodest; forward; bold)
　　　　註解　　不重要的－只當形容詞

3036. aperture (breach; split; fissure; crack)
　　　　註解　　縫隙－只當名詞

3037. agitation (bustle; hubbub; commotion)
　　　　註解　　鼓動－只當名詞

3038. tranquility (peacefulness; calmness)
　　　　註解　　安靜－只當名詞，同 tranquillity

3039. candor (sincerity; frankness; candidness)
　　　　註解　　公正－只當名詞，同 candour

3040. nagging (grumbling; antagonistic; disagreeable)
　　　　註解　　嘮嘮叨叨的－只當形容詞

3041. grudge (malignity; spite; rancorousness; abhorrence; venom; animosity)
　　　　註解　　怨恨－可當名詞和動詞

3042. benevolence (charity; benignity; cordiality)
　　　　註解　　慈愛－只當名詞

3043. carry out (confront; face)
　　　　註解　　面對－只當動詞

3044. pretext (shamming; fabrication; show)
　　　　註解　　藉口－只當名詞

3045. immure (to enclose within walls; to shut in)
　　　　註解　　幽禁－只當動詞

3046. jollity (joyousness; glee; gaiety)
　　　　註解　　歡樂－只當名詞

3047. gloom (misery; sadness)
　　　　註解　　悲慘－只當名詞

3048. benignant (benevolent; benign; generous)
　　　　註解　　仁慈的－只當形容詞

3049. impugn (attack; asperse; malign)
　　　　註解　　指責－只當動詞

3050. defiant (insolent; bold; forward)
　　　　註解　　反抗的－只當形容詞

3051. modulate (to regulate by or adjust; to alter or adapt)
    註解　調整－只當動詞

3052. unconventional (unusual)
    註解　非傳統的－只當形容詞

3053. ungodly (irreverent)
    註解　不恭敬的－只當形容詞

3054. covetous (mercenary; miserly; greedy)
    註解　貪心的－只當形容詞

3055. ally (unify; join; combine)
    註解　聯合－可當動詞和名詞

3056. unburden (liberate)
    註解　解除負擔－只當動詞

3057. perseverance (doggedness; steadfastness)
    註解　堅持－只當名詞

3058. supersede (replace; displace)
    註解　代替－只當動詞

3059. semiopaque (semitransparent; crystalline)
    註解　半透明的－只當形容詞，semi "半" 之意

3060. opaque (transparent)
    註解　透明－可當名詞和形容詞

3061. slavery (subjugation; bondage; subjection)
    註解　奴隸，征服－只當名詞

3062. clandestine (stealthy)
    註解　偷偷摸摸的－只當形容詞

3063. aboveboard (forthright; open)
    註解　坦白的－只當形容詞

3064. ungracious (curt; gruff; blunt; abrupt)
    註解　粗野的－只當形容詞

3065. refined (polished; courteous; gentle)
    註解　高尚的－只當形容詞

3066. cloister (isolate; withdraw)
    註解　隱居－可當動詞和名詞

3067. disrespect (despise)
    註解　粗暴－可當動詞和名詞

3068. configuration (contour; shape)
　　　註解　形狀，外貌－只當名詞
3069. erring (debatable; questionable; unreliable)
　　　註解　錯誤的－只當形容詞
3070. infallible (unfailing; reliable)
　　　註解　可靠的－可當形容詞和名詞
3071. tilted (askew; inclined)
　　　註解　傾料的－只當形容詞，但原型可當動詞和名詞
3072. straightforward (direct)
　　　註解　正直的－可當形容詞和副詞
3073. irresistible (impromptu; impulsive; voluntary)
　　　註解　不可反抗的－只當形容詞
3074. premeditated (compelled; calculated)
　　　註解　預謀的－只當形容詞
3075. erase (delete; annihilate)
　　　註解　擦掉－只當動詞
3076. construct (restore)
　　　註解　建築－只當動詞
3077. merciless (cruel; inhumane; ruthless)
　　　註解　殘忍的－只當形容詞
3078. superficialness (overlay; facade)
　　　註解　表面，膚淺－只當名詞
3079. brandish (flourish; flaunt)
　　　註解　揮舞－可當動詞和名詞
3080. dejected (submissive; supine; prone)
　　　註解　失望的－只當形容詞
3081. blunt (terse; short)
　　　註解　鈍的－可當形容詞和動詞
3082. lengthy (courteous)
　　　註解　冗長的－只當形容詞
3083. disown (repudiate; relinquish; forsake)
　　　註解　否認－只當動詞
3084. traverse (substitute; switch)
　　　註解　橫過，反對－可當形容詞，動詞和副詞

3085. stammer (waver; totter; hesitate)
　　　註解 口吃－可當動詞和名詞

3086. quiver (tremble; shudder)
　　　註解 發抖－可當動詞和名詞

3087. assemble (produce)
　　　註解 集合－只當動詞

3088. merciful (humane; compassionate)
　　　註解 慈愛的－只當形容詞

3089. susceptibility (proneness)
　　　註解 感受－只當名詞

3090. repose (rest; lie)
　　　註解 休息－可當名詞和動詞

3091. criticize (reprimand; rebuke)
　　　註解 批評－只當動詞，同 criticise

3092. laudation (tribute)
　　　註解 頌揚－只當名詞

3093. transitory (weak)
　　　註解 短暫的－只當形容詞

3094. confutation (something that confutes)
　　　註解 駁倒－只當名詞

3095. maim (deface; mutilate)
　　　註解 使殘廢－只當動詞

3096. certainty (security)
　　　註解 確信無疑－只當名詞

3097. independence (freedom)
　　　註解 獨立－只當名詞

3098. splurge (spend; lavish)
　　　註解 浪費－可當名詞和動詞

3099. glimmer (sparkle; flash)
　　　註解 發光－可當動詞和名詞

3100. cease-fire (respite; pause)
　　　註解 停戰－只當名詞

3101. plot (conspiracy; deception; manipulation)
　　　註解 陰謀－可當名詞和動詞

3102. exact (correct; explicit)

　　註解　正確的－可當形容詞和動詞

3103. hazy (uncertain; indefinite)

　　註解　模糊的－只當形容詞

3104. complement (extension; addition)

　　註解　補充－可當名詞和動詞

3105. woebegone (solitary; desolate; pitiful)

　　註解　孤獨的，消沉的－只當形容詞

3106. ignore (shun)

　　註解　忽視－只當動詞

3107. negate (deny)

　　註解　否定－只當動詞

3108. tactless (blunt)

　　註解　不圓滑－只當名詞

3109. repentant (sorry; contrite)

　　註解　悔改的－只當形容詞

3110. unyielding (arrogant)

　　註解　不屈服的－只當形容詞

3111. censure (blame)

　　註解　非難－可當名詞和動詞

3112. quell (smother; suffocate; prevent)

　　註解　撲滅－只當動詞

3113. congregate (gather)

　　註解　集合－只當動詞

3114. inadequate (sparse)

　　註解　不合格的－只當形容詞

3115. gradual (expected)

　　註解　漸漸的－可當形容詞和名詞

3116. prowl (sneak; skulk)

　　註解　潛行－可當動詞和名詞

3117. expose (reveal)

　　註解　暴露－只當動詞

3118. link (merge; attach; join)

　　註解　連結－可當動詞和名詞

3119. nondescript (unknown)
   註解　難以分辨的－可當形容詞和名詞

3120. treaty (deal; alliance; bargain)
   註解　條約－只當名詞

3121. blemish (spoil; deface; mar)
   註解　缺點－可當動詞和名詞

3122. beautify (improve)
   註解　美化－只當動詞

3123. extra (excessive; superabundant)
   註解　額外的－可當形容詞，名詞和副詞

3124. chunk (whole)
   註解　很大數量－只當名詞

3125. intricate (perplexing; involved)
   註解　相當複雜的－只當形容詞

3126. zenith (apex; summit)
   註解　頂點－只當名詞

3127. enact (depict; picture)
   註解　頒佈，扮演－只當動詞

3128. contingent (happening by chance or without known cause)
   註解　偶然的－可當形容詞和名詞

3129. scan (scrutinize; observe)
   註解　審視－可當動詞和名詞

3130. inept (clumsy; awkward; unlikely)
   註解　不適宜的－只當形容詞

3131. augment (increase)
   註解　增加－只當動詞

3132. shave (lessen; clip; peel)
   註解　削薄－可當動詞和名詞

3133. swindle (hoax; deception)
   註解　欺騙－可當動詞和名詞

3134. dash (hurry; march)
   註解　衝進－可當動詞和名詞

3135. amble (roam; meander; saunter)
   註解　漫步－可當名詞和動詞

3136. rowdy (uproarious; unrestrained)
　　　註解　騷動的－可當名詞和動詞

3137. calm (quiet; restrained; sane)
　　　註解　安靜－可當名詞，動詞和形容詞

3138. humility (modesty)
　　　註解　溼度－只當名詞

3139. clarify (simplify; explain)
　　　註解　澄清－只當動詞

3140. barricade (inaccessibility)
　　　註解　障礙物－可當名詞和動詞

3141. arid (sterile; unfertile; bare)
　　　註解　不毛的－只當形容詞

3142. impede (clog; block; hamper; obstruct)
　　　註解　阻礙－只當動詞

3143. deathlike (pallid; grim; gruesome; hideous)
　　　註解　如死的－只當形容詞

3144. adage (maxim; axiom)
　　　註解　格言－只當名詞

3145. rout (overwhelm; overcome)
　　　註解　潰敗－可當動詞和名詞

3146. straighten (smooth)
　　　註解　整理－只當動詞

3147. vehemence (brutality; fierceness)
　　　註解　熱烈－只當名詞

3148. meekness (gentleness)
　　　註解　溫順－只當名詞

3149. fleeting (temporary)
　　　註解　短暫的－只當形容詞

3150. caustic (sour; pungent)
　　　註解　酸的－只當形容詞

3151. bland (mixed)
　　　註解　溫和的－只當形容詞

3152. broaden (free)
　　　註解　放寬－只當動詞

3153. mechanical (automatic)
　　　註解　機械的－只當形容詞

3154. obscure (dark)
　　　註解　暗的－可當形容詞和動詞

3155. drip (trickle)
　　　註解　滴下－可當動詞和名詞

3156. hustle (fuss; flutter)
　　　註解　急促－可當動詞和名詞

3157. idle (dawdle)
　　　註解　懶惰－可當動詞和形容詞

3158. ease (idleness)
　　　註解　舒適－可當名詞和動詞

3159. secede (to withdraw)
　　　註解　脫離－只當動詞

3160. deliberation (reflection; thoughtfulness)
　　　註解　深思熟慮－只當名詞

3161. pervert (misstate; misrepresent)
　　　註解　曲解－可當動詞和名詞

3162. atrocious (shocking; appalling; unthinkable)
　　　註解　殘忍的－只當形容詞

3163. worsen (weaken)
　　　註解　惡化－只當動詞

3164. autocrat (dictator; despot)
　　　註解　獨裁者－只當名詞

3165. absterge (to clean by wiping)
　　　註解　清掃－只當動詞

3166. conserve (preserve)
　　　註解　保留－可當動詞和名詞

3167. boon (blessing; fortune)
　　　註解　恩惠－可當名詞和形容詞

3168. exalt (promote)
　　　註解　提高－只當動詞

3169. demote (debase; dishonor; downgrade)
　　　註解　降下－只當動詞

3170. concealment (a means or place of hiding)

> 註解　隱匿－只當名詞

3171. eager (willing)

> 註解　渴望的－只當形容詞

3172. obnoxious (objectionable)

> 註解　令人討厭的－只當形容詞

3173. entice (attract)

> 註解　利誘－只當動詞

3174. turbulence (commotion)

> 註解　暴亂－只當名詞

3175. adamant (fixed; set)

> 註解　堅定的－可當形容詞和名詞

3176. zenana (the part of the house in which the women and girls of a family are secluded)

> 註解　閨房－只當名詞

3177. supererogatory (going beyond the requirements of duty)

> 註解　多餘的－只當形容詞

3178. protagonist (leading character)

> 註解　主要人物－只當名詞

3179. intrepid (fearless)

> 註解　不害怕的－只當形容詞

3180. urbane (polished)

> 註解　文雅的－只當形容詞

3181. antithesis (contrast)

> 註解　正相反－只當名詞

3182. improvident (thoughtless; imprudent; heedless)

> 註解　無遠見的－只當形容詞

3183. havoc (ruin)

> 註解　毀壞－可當名詞和動詞

3184. stilted (stiffly formal)

> 註解　不自然的－只當形容詞

3185. aftertime (future time)

> 註解　今後，將來－只當名詞

3186. stereotyped (lacking originality)

> **註解** 老套的－只當形容詞

3187. sage (wise man)
> **註解** 聰明的人－可當名詞和形容詞

3188. beset (perplex)
> **註解** 圍困－只當動詞

3189. glib (fluent)
> **註解** 流利的－只當形容詞

3190. quack (charlatan)
> **註解** 騙子－可當名詞，形容詞和動詞

3191. redundant (superfluous)
> **註解** 過多的－只當形容詞

3192. comprehend (understand)
> **註解** 了解－只當動詞

3193. epitaph (inscription on a tomb)
> **註解** 墓誌銘－只當名詞

3194. habitude (customary condition or character)
> **註解** 習性－只當名詞

3195. precedence (priority)
> **註解** 在先－只當名詞

3196. pertinent (applicable)
> **註解** 恰當的－只當形容詞

3197. vehement (forceful)
> **註解** 激烈的－只當形容詞

3198. frivolity (lightness)
> **註解** 輕浮－只當名詞

3199. personable (attractive)
> **註解** 動人的－只當形容詞

3200. abdicate (to give up)
> **註解** 放棄－只當動詞

3201. diatribe (tirade)
> **註解** 激烈之言論－只當名詞

3202. intrigue (plot)
> **註解** 陰謀－可當名詞和動詞

3203. celebrity (a famous or well-known person)

註解 名人－只當名詞

3204. dauntless (bold)
　　　註解 勇敢的－只當形容詞

3205. jarovize (to vernalize)
　　　註解 使早熟－只當動詞，同 iarovize

3206. amnesty (general pardon)
　　　註解 大赦－可當動詞和名詞

3207. pilfer (steal)
　　　註解 偷取－只當動詞

3208. defamation (slander)
　　　註解 中傷－只當名詞

3209. palatial (magnificent)
　　　註解 壯麗的－只當形容詞

3210. aplomb (self-assurance)
　　　註解 神態自若－只當名詞

3211. transmute (change)
　　　註解 變質－只當動詞

3212. fortitude (courage)
　　　註解 堅忍不拔－只當名詞

3213. labyrinth (maze)
　　　註解 非常錯綜複雜－只當名詞

3214. crestfallen (dejected)
　　　註解 氣餒的－只當形容詞

3215. centennial (a 100th anniversary; centenary)
　　　註解 一百年的－可當形容詞和名詞

3216. swarthy (dark complexioned)
　　　註解 烏黑的－只當形容詞

3217. exhilaration (animation)
　　　註解 高興－只當名詞

3218. proponent (advocate)
　　　註解 建議者－只當名詞

3219. desultory (aimless)
　　　註解 無目標的－只當形容詞

3220. oscillate (vibrate)

註解　擺動－只當動詞

3221. pervade (diffuse; fill)
註解　遍布－只當動詞

3222. acumen (superior mental acuteness and discernment)
註解　明智－只當名詞

3223. succus (to shake up)
註解　猛搖－只當動詞

3224. infringe (trepass)
註解　侵犯－只當動詞

3225. submissive (meek)
註解　服從的－只當形容詞

3226. eulogize (glorify)
註解　稱讚－只當動詞

3227. beguile (charm)
註解　詐取－只當動詞

3228. omnivorous (devouring everything)
註解　雜食的－只當形容詞

3229. stratagem (deceptive device)
註解　陰謀詭計－只當名詞

3230. machinations (plots)
註解　奸謀－只當名詞

3231. pusillanimous (cowardly)
註解　膽怯的－只當形容詞

3232. collaborate (act jointly)
註解　合作－只當動詞

3233. intact (uninjured)
註解　未受傷的－只當形容詞

3234. unerring (unfailing)
註解　無錯誤的－只當形容詞

3235. consensus (general agreement)
註解　一致－只當名詞

3236. accessible (easy to approach, enter, speak with or use)
註解　易親近的－只當形容詞

3237. incur (bring down on oneself)

註解 陷入－只當動詞

3238. dimidiate (to divide into halves)

註解 兩半的－可當形容詞和動詞

3239. elicit (draw forth)

註解 引出－只當動詞

3240. littery (untidy)

註解 雜亂的－只當形容詞

3241. vagary (extravagance)

註解 怪異行為－只當名詞

3242. appease (soothe)

註解 緩和－只當動詞

3243. muster (gather)

註解 集合－可當動詞和名詞

3244. knoll (mound)

註解 小山丘－可當名詞和動詞

3245. grime (to cover with dirt)

註解 使污穢－可當動詞和名詞

3246. covenant (solemn agreement)

註解 盟約－可當名詞和動詞

3247. judicatory (a court of law and justice)

註解 法庭－可當名詞和形容詞

3248. chide (scold)

註解 責備－只當動詞

3249. disburse (pay out)

註解 支出－只當動詞

3250. tortuous (crooked)

註解 歪曲的－只當形容詞

3251. circumvent (avoid)

註解 繞行－只當動詞

3252. paramount (supreme)

註解 最高的－可當形容詞和名詞

3253. fief (a territory held in fee)

註解 封地－只當名詞，同 feoff

3254. aggressive (self assertive)

註解　積極的－只當形容詞

3255. flash in the pan (a brief success)

註解　曇花一現－名詞片語

3256. taint (infect)

註解　污點－可當名詞和動詞

3257. anamesis (the recollection or remembrance of the past)

註解　回憶－只當名詞

3258. arbitrate (to decide as arbiter or arbitrator)

註解　公斷－只當動詞

3259. impinge (encroach)

註解　侵犯－只當動詞

3260. assuage (ease)

註解　鎮定－只當動詞

3261. phlegmatic (indifferent)

註解　冷靜的－只當形容詞

3262. placid (peaceful)

註解　平靜的－只當形容詞

3263. chaos (complete disorder)

註解　混亂－只當名詞

3264. deride (mock)

註解　嘲笑－只當動詞

3265. mutable (changeable)

註解　易變的－只當形容詞

3266. levity (lightness)

註解　輕率－只當名詞

3267. depose (deprive of office)

註解　免職－只當動詞

3268. conclave (private meeting)

註解　秘密會議－只當名詞

3269. obsess (beset)

註解　分心－只當動詞

3270. mountebank (trickster)

註解　江湖郎中－可當名詞和動詞

3271. boorish (rude)

| 註解 | 鄉土的－只當形容詞 |

3272. chafe (irritate)

| 註解 | 激怒－只當動詞 |

3273. philanthropist (lover of mankind)

| 註解 | 博愛主義者－只當名詞 |

3274. checkroom (a room where hats, coats, parcels, etc.,may be checked)

| 註解 | 衣帽間－只當名詞 |

3275. subordinate (inferior)

| 註解 | 附屬的－可當形容詞和名詞 |

3276. wield (handle)

| 註解 | 支配－只當動詞 |

3277. equitable (just)

| 註解 | 公正的－只當形容詞 |

3278. eponymous (giving one's name to a tribe, place, etc.)

| 註解 | 以已名賜與部落或地方等的－只當形容詞 |

3279. abase (degrade)

| 註解 | 降級－只當動詞 |

3280. embryonic (rudimentary)

| 註解 | 萌芽期的－只當形容詞 |

3281. protracted (prolonged)

| 註解 | 延長的－只當形容詞 |

3282. meaningless (without meaning, purposeless)

| 註解 | 無意義的－只當形容詞 |

3283. malign (slander)

| 註解 | 誹謗－可當動詞和形容詞 |

3284. snivel (whine)

| 註解 | 假哭－可當動詞和名詞 |

3285. platitude (trite remark)

| 註解 | 陳腐話－只當名詞 |

3286. aberration (wandering; deviation; divergence)

| 註解 | 越軌－只當名詞 |

3287. careen (lurch)

| 註解 | 傾斜－可當動詞和名詞 |

3288. rampant (unchecked)

註解　無約束的－只當形容詞

3289. vestige (trace)
　　　註解　痕跡－只當名詞

3290. puisne (younger; inferior in rank)
　　　註解　年輕的，職位較低的－可當形容詞和名詞

3291. escarpment (cliff)
　　　註解　斜面－只當名詞

3292. impelent (an impelling agency or force)
　　　註解　推進力－可當名詞和形容詞

3293. composure (calmness)
　　　註解　鎮靜－只當名詞

3294. savory (appetizing)
　　　註解　開胃的－可當名詞和形容詞，同 savoury

3295. eclipse (obscure)
　　　註解　月蝕－可當名詞和動詞

3296. infirmity (weakness)
　　　註解　衰弱－只當名詞

3297. impregnate (to fill interstices with a substance)
　　　註解　使充滿，使懷孕－可當動詞和形容詞

3298. disconcert (upset)
　　　註解　不安－只當動詞

3299. autonomous (self-governing)
　　　註解　自主的－只當形容詞

3300. banal (commonplace)
　　　註解　平凡的－只當形容詞

3301. seism (earthquake)
　　　註解　地震－只當名詞

3302. debris (ruins)
　　　註解　殘骸－只當名詞

3303. stamina (vigor)
　　　註解　精力－只當名詞

3304. inanimate (lifeless)
　　　註解　無生命的－只當形容詞

3305. enhance (make greater)

註解 増大－只當動詞

3306. sedate (sober)

註解 安靜的－只當形容詞

3307. ascribe (credit or assign, as to a cause or source)

註解 歸因於－只當動詞

3308. oculate (to kiss; to bring into close contact)

註解 接吻，結合－只當動詞

3309. consternation (dismay)

註解 恐怖－只當名詞

3310. corpulent (fat)

註解 肥胖的－只當形容詞

3311. ineptitude (quality or condition of being inept)

註解 不適宜－只當名詞

3312. colossal (huge)

註解 巨大的－只當形容詞

3313. mischance (ill luck)

註解 壞運氣－只當名詞

3314. deplore (regret deeply)

註解 深悔－只當動詞

3315. slovenly (untidy)

註解 不整潔的－可當形容詞和副詞

3316. impasse (deadlock)

註解 僵局－只當名詞，法國字

3317. proletariat (laboring classes)

註解 勞動階級－只當名詞

3318. tenacious (holding fast)

註解 堅持不放的－只當形容詞

3319. propriety (suitability)

註解 正當－只當名詞

3320. pedantic (stilted)

註解 引經據典的－只當形容詞

3321. proclivity (tendency)

註解 傾向－只當名詞

3322. cumbersome (clumsy)

註解　笨重的－只當形容詞

3323. zealous (enthusiastic)
　　　註解　熱心的－只當形容詞

3324. retrospect (review of the past)
　　　註解　回顧－可當動詞和名詞

3325. contusion (bruise)
　　　註解　挫傷－只當名詞

3326. callous (unfeeling)
　　　註解　無感覺的－只當形容詞

3327. unwitting (unintentional)
　　　註解　非故意的－只當形容詞

3328. scrupulous (conscientious)
　　　註解　非常小心的－只當形容詞

3329. cessation (stopping)
　　　註解　停止－只當名詞

3330. prognosticate (forecast)
　　　註解　預測－只當動詞

3331. pulchritude (beauty)
　　　註解　漂亮－只當名詞

3332. resole (to put a new sole on)
　　　註解　裝新鞋底－只當動詞

3333. regime (form of government)
　　　註解　政權－只當名詞

3334. amiss (faulty)
　　　註解　錯誤－可當形容詞和副詞

3335. preamble (opening; beginning; foreword; prologue)
　　　註解　序文，前文－只當名詞

3336. hilarity (mirth)
　　　註解　熱鬧－只當名詞

3337. ad infinitum (endlessly)
　　　註解　永遠地－只當副詞，為拉丁語

3338. squalid (dirty)
　　　註解　不乾淨的－只當形容詞

3339. inter (bury)

註解　埋葬－只當動詞

3340. voracious (greedy)

註解　貪心的－只當形容詞

3341. plague (disturb; trouble; irk)

註解　折磨－可當動詞和名詞

3342. dynamic (active)

註解　活動的－可當形容詞和名詞

3343. adlib (freely)

註解　即興表演－可當名詞，動詞和形容詞

3344. ravage (ruin)

註解　摧毀－可當名詞和動詞

3345. skulduggery (dishonorable proceeding, mean dishonesty or trickery)

註解　欺騙－只當名詞，同 sculduggery

3346. nuptial (matrimonial)

註解　婚姻－可當名詞和形容詞

3347. crescendo (increasing volume)

註解　漸漸加強－可當形容詞和名詞

3348. unwieldy (clumsy)

註解　笨重的－只當形容詞

3349. interim (meantime)

註解　中間時間－可當名詞和形容詞

3350. demur (object)

註解　抗議－可當名詞和動詞

3351. finite (limited)

註解　有限的－只當形容詞

3352. dishearten (discourage)

註解　洩氣－只當動詞

3353. lurk (sneak)

註解　潛行－只當動詞

3354. semblance (likeness)

註解　相似－只當名詞

3355. tremulous (shaking)

註解　發抖的－只當形容詞

3356. affinity (natural attraction)

註解 吸引力－只當名詞

3357. conjecture (guess)
註解 猜想－可當名詞和動詞

3358. impetus (stimulus)
註解 衝力－只當名詞

3359. deify (worship as a god)
註解 崇拜為神－只當動詞

3360. invective (verbal abuse)
註解 辱罵－可當名詞和形容詞

3361. lesion (injury)
註解 傷害－只當名詞

3362. homage (honor)
註解 尊崇－只當名詞

3363. rational (sensible)
註解 理性的－只當形容詞

3364. complacency (self satisfaction)
註解 自滿－只當名詞，同 complacence

3365. dupe (fool)
註解 欺騙－可當名詞和動詞

3366. congenital (existing at birth)
註解 天生的－只當形容詞

3367. aggregation (collection)
註解 集合體－只當名詞

3368. potentate (ruler)
註解 統治者－只當名詞

3369. sardonic (sarcastic)
註解 嘲笑的－只當形容詞

3370. condiment (spice)
註解 調味料－只當名詞

3371. quirk (witticism)
註解 雙關語－只當名詞

3372. electrify (thrill)
註解 震撼－只當動詞

3373. grapple (wrestle)

註解　抓住－可當動詞和名詞

3374. longevity (length of life)
　　　註解　長命－只當名詞

3375. shrew (scolding woman)
　　　註解　潑婦－只當名詞

3376. apogee (highest point)
　　　註解　最高點－只當名詞

3377. grandiose (impressive)
　　　註解　宏偉的－只當形容詞

3378. pronominal (having the nature of similar in meaning to)
　　　註解　代名詞的－只當形容詞

3379. invalidate (deprive of force)
　　　註解　作廢－只當動詞

3380. alacrity (promptness)
　　　註解　快活－只當名詞

3381. vacillate (waver)
　　　註解　搖擺－只當動詞

3382. repress (restrain)
　　　註解　鎮壓－只當動詞

3383. diligent (industrious)
　　　註解　勤勉的－只當形容詞

3384. flamboyant (showy)
　　　註解　燦爛的－只當形容詞

3385. vindictive (vengeful)
　　　註解　報復的－只當形容詞

3386. placatory (serving, tending or intended to placate)
　　　註解　溫和的－只當形容詞

3387. clench (to close tightly)
　　　註解　關緊－可當動詞和名詞

3388. religiosity (piety; devoutness)
　　　註解　狂熱的信仰－只當名詞

3389. animosity (ill will)
　　　註解　仇恨－只當名詞

3390. macabre (gruesome)

註解 可怕的－只當形容詞

3391. integral (essential)
註解 必要的－可當形容詞和名詞

3392. soliloquize (talk to oneself)
註解 自言自語－只當動詞

3393. jaunty (lively)
註解 活潑的－只當形容詞

3394. frugal (saving)
註解 節儉的－只當形容詞

3395. poach (trespass)
註解 侵犯－只當動詞

3396. masticate (chew)
註解 咀嚼－只當動詞

3397. gird (encircle)
註解 圍繞－只當動詞

3398. perennial (sustained)
註解 長久的－可當形容詞和名詞

3399. embellish (ornament)
註解 佈置－只當動詞

3400. obdurate (stubborn)
註解 倔強的－只當形容詞

3401. arroyo (gully)
註解 小河流－只當名詞

3402. dilettante (amateur)
註解 業餘藝術愛好的－只當形容詞

3403. militant (aggressive)
註解 好戰的－可當形容詞和名詞

3404. perceive (observe)
註解 感覺－只當動詞

3405. edifice (large building)
註解 大廈－只當名詞

3406. supplant (replace)
註解 代替－只當動詞

3407. impletion (state of being filled)

30

註解 充滿－只當名詞

3408. ivy (a climbing wine)
註解 長春藤－只當名詞

3409. dissipate (waste)
註解 浪費－只當動詞

3410. officious (meddlesome)
註解 好管閒事的－只當形容詞

3411. exotic (strange)
註解 奇特的－可當形容詞和名詞

3412. culdesac (dead end; dead-end street)
註解 死巷，死路－只當名詞

3413. inertia (inactivity; sluggishness)
註解 無生命的－只當形容詞

3414. tenacity (persistency)
註解 固執－只當名詞，同 persistence

3415. crevice (fissure)
註解 裂縫－只當名詞

3416. concertina (a small musical instrument)
註解 一種手風琴－只當名詞

3417. uncompromising (unwilling to make concessions)
註解 不妥協的－只當形容詞

3418. conservative (moderate)
註解 保守的－可當形容詞和名詞

3419. devil-may-care (reckless; careless)
註解 不在意的－只當形容詞

3420. incitement (stimulation)
註解 鼓勵－只當名詞

3421. proletarian (laborer)
註解 無產階級－可當名詞和形容詞

3422. incessantly (continuously)
註解 源源不絕地－只當副詞，原型為形容詞

3423. dissenting (withholding approval)
註解 不同意的－只當形容詞，但原型可當名詞和動詞

3424. potent (having power)

註解 有效的－只當形容詞

3425. cynical (sneering)

註解 嘲笑人的－只當形容詞

3426. anarchy (absence of government)

註解 無政府－只當名詞

3427. traditional (customary)

註解 傳統的－只當形容詞

3428. sinister (evil)

註解 不吉利的－只當形容詞

3429. long green (paper money; cash)

註解 美鈔－只當名詞

3430. rendition (interpretation)

註解 解釋－只當名詞

3431. innocuous (harmless)

註解 無害的－只當形容詞

3432. vaginitis (inflammation of the vagina)

註解 陰道炎－只當名詞

3433. regicide (one who kills a king)

註解 弒君者－只當名詞

3434. jeopardize (endanger)

註解 陷危險－只當動詞

3435. unkempt (untidy)

註解 蓬亂的－只當形容詞

3436. introspection (self-examination)

註解 自省－只當名詞

3437. inflexible (unyielding)

註解 不屈服的－只當形容詞

3438. sub-zero (indication or recording lower than zero)

註解 零度以下的－只當形容詞

3439. cult (sect)

註解 崇拜－只當名詞

3440. docile (obedient)

註解 馴服的－只當形容詞

3441. constituency (any body supporters, customers, etc.)

註解 顧客，選民－只當名詞

3442. ethics (moral principles)

註解 倫理－只當名詞

3443. clientele (customers)

註解 顧客－只當名詞

3444. articulation (enunciation)

註解 關節－只當名詞

3445. obsession (fixed idea)

註解 分神－只當名詞

3446. subversive (destructive)

註解 摧毀－可當形容詞和名詞

3447. detergent (cleansing; purging)

註解 清潔劑－可當名詞和形容詞

3448. antagonist (opponent)

註解 反對者－只當名詞

3449. preternatural (ghostly; irregular; unnatural)

註解 異常的－只當形容詞

3450. concur (agree)

註解 同意－只當動詞

3451. detract (to draw away or divert)

註解 去掉－只當動詞

3452. melancholy (gloomy)

註解 悲哀的－可當形容詞和名詞

3453. masseuse (a woman who provides massage as a profession or occupation)

註解 女性按摩師－只當名詞，男性則為 masseur

3454. usurp (seize)

註解 霸佔－只當動詞

3455. epigram (pithy saying)

註解 警語－只當名詞

3456. garrulous (voluble)

註解 愛說閒話的－只當形容詞

3457. felony (crime)

註解 重罪－只當名詞

3458. dazing (stunning)

註解　暈眩的－只當形容詞，但原型可當動詞和名詞

3459. grapple (grip)

　　註解　抓住－可當動詞和名詞

3460. exodus (departure)

　　註解　離開－只當名詞

3461. laconic (concise)

　　註解　簡潔的－只當形容詞，同 laconical

3462. skepticism (doubt)

　　註解　懷疑－只當名詞，同 scepticism

3463. crus (the part of the leg)

　　註解　小腿－只當名詞

3464. espionage (spying)

　　註解　間諜活動－只當名詞

3465. hypothecate (to pledge to a creditor as security without delivering over; mortgage)

　　註解　抵押－只當動詞

3466. cajole (coax)

　　註解　欺騙－只當動詞

3467. versatile (all-round)

　　註解　多方面的－只當形容詞

3468. proxy (agent)

　　註解　代理－只當名詞

3469. deluxe (of special elegance, or fineness)

　　註解　華麗的－只當形容詞

3470. sheath (scabbard)

　　註解　劍鞘－只當名詞

3471. approximation (approach)

　　註解　接近－只當名詞

3472. affiliate (associate)

　　註解　聯合－可當動詞和名詞

3473. nonchalant (unruffled)

　　註解　冷漠的－只當形容詞

3474. tycoon (industrial magnate)

　　註解　大亨－只當名詞

3475. cache (hiding place)
> 註解 隱避所－可當名詞和動詞

3476. cruet (bottle)
> 註解 調味瓶－只當名詞

3477. antidote (remedy)
> 註解 消毒藥－只當名詞

3478. divulge (reveal)
> 註解 宣佈－只當動詞

3479. detrain (to alight from a railway train)
> 註解 下火車－只當動詞

3480. masterpiece (one's most excellent production as in an art)
> 註解 傑作－只當名詞

3481. credulity (gullibility)
> 註解 輕信－只當名詞

3482. digression (the act of digressing)
> 註解 枝節－只當名詞

3483. writhe (squirm)
> 註解 轉動－可當動詞和名詞

3484. mediocre (ordinary)
> 註解 平凡的－只當形容詞

3485. mockheroic (imitating or burlesquing that which is heroic)
> 註解 模仿英雄氣概的－只當形容詞

3486. transcend (surpass)
> 註解 超越－只當動詞

3487. fiddle (faddle; nonsense; something trivial)
> 註解 胡說－可當動詞和名詞

3488. sugar daddy (a wealthy, middle-aged man who spends freely on a young woman in return for her companionship or intimacy)
> 註解 送禮品以博少女歡心之中年人－只當名詞

3489. listless (languid)
> 註解 不留心的－只當形容詞

3490. obstruct (disturb)
> 註解 阻擋－只當動詞

3491. emissary (envoy)

註解 密使－可當名詞和形容詞

3492. abridge (shorten)
　　　　註解 縮短－只當動詞

3493. stabilize (steady)
　　　　註解 穩定－只當動詞

3494. allure (entice; lure)
　　　　註解 引誘－可當名詞和動詞

3495. predestination (fate; destiny)
　　　　註解 宿命－只當名詞

3496. sanative (having the power to heal)
　　　　註解 可治療的－只當形容詞

3497. deadlock (state of inaction)
　　　　註解 完全停頓－可當名詞和動詞

3498. oppress (crush)
　　　　註解 壓迫－只當動詞

3499. irksome (tedious)
　　　　註解 令人煩惱的－只當形容詞

3500. imperious (overbearing)
　　　　註解 傲慢的－只當形容詞

3501. attainder (dishonor)
　　　　註解 公權喪失－只當名詞

3502. command (bid; demand; charge)
　　　　註解 命令，控制－可當動詞和名詞

3503. segregate (isolate)
　　　　註解 隔離－可當動詞和形容詞

3504. guile (deceit)
　　　　註解 狡詐－只當名詞

3505. brunt (force)
　　　　註解 武力－只當名詞

3506. compute (reckon)
　　　　註解 計算－可當動詞和名詞

3507. ultimatum (final terms)
　　　　註解 哀的美敦書，最後通牒－只當名詞

3508. wangle (manipulate)

> **註解** 權宜之計－可當動詞和名詞

3509. culinary (pertaining to or used in the kitchen or cookery)
> **註解** 廚房的－只當形容詞

3510. cliche (trite phrase)
> **註解** 老套－只當名詞，爲法國字

3511. insipid (uninteresting)
> **註解** 無味的－只當形容詞

3512. significant (important)
> **註解** 重大的－只當形容詞

3513. custody (imprisonment)
> **註解** 監管－只當名詞

3514. merger (consolidation)
> **註解** 吞併－只當名詞

3515. accord (agreement)
> **註解** 一致－可當動詞和名詞

3516. resonate (to cause to resound)
> **註解** 共鳴－只當動詞

3517. dubious (uncertain)
> **註解** 未確定的－只當形容詞

3518. blithe (merry)
> **註解** 快樂的－只當形容詞

3519. triturable (that may be triturated)
> **註解** 可磨成粉的－只當形容詞

3520. exude (discharge)
> **註解** 流出－只當動詞

3521. factotum (a person employed to do all kinds of work)
> **註解** 雜役－只當名詞

3522. foil (defeat)
> **註解** 打敗－可當動詞和名詞

3523. contemplate (consider)
> **註解** 考慮－只當動詞

3524. sorcery (witchcraft)
> **註解** 巫術－只當名詞

3525. vendue (a public auction)

> 註解　公開拍賣－只當名詞

3526. ominous (foreboding)
> 註解　預兆的－只當形容詞

3527. authorize (permit)
> 註解　批准－只當動詞

3528. opportune (timely)
> 註解　及時的－只當形容詞

3529. acrid (bitterly irritating)
> 註解　尖刻的－只當形容詞

3530. metaphor (implied comparison)
> 註解　暗喻－只當名詞

3531. tenuity (slenderness; thinness of consistency; rarefied condition)
> 註解　稀薄－只當名詞

3532. sulk (be sullen)
> 註解　生氣－可當名詞和動詞

3533. parley (discussion)
> 註解　談判－可當名詞和動詞

3534. meandering (winding)
> 註解　曲折的－可當形容詞和名詞

3535. temperance (moderation)
> 註解　節制－只當名詞

3536. coverlet (the top covering of a bed)
> 註解　床單－只當名詞，同 coverlid

3537. designate (name)
> 註解　指名－可當動詞和形容詞

3538. festa (a feast; festival; holiday)
> 註解　節目－只當名詞，為義大利字

3539. exploit (utilize)
> 註解　利用－可當動詞和名詞

3540. usurious (charging illegal or exorbitant rates of interest for the use of money)
> 註解　放高利貸的－只當形容詞

3541. nomenclature (system of names)
> 註解　術語－只當名詞

3542. cryptic (enigmatic; mysterious)
　　　註解　秘密的－只當形容詞

3543. domestic (internal)
　　　註解　本國的－可當形容詞和名詞

3544. bugbear (any source; real or imaginary or needless fright or fear)
　　　註解　任何足以引起不必要恐慌之事物－只當名詞

3545. phobia (fear)
　　　註解　畏懼－只當名詞

3546. preterhuman (beyond what is human)
　　　註解　超人的－只當形容詞

3547. infiltrate (pass through)
　　　註解　滲透－可當動詞和名詞

3548. loquacious (talkative)
　　　註解　多嘴的－只當形容詞

3549. pungent (biting)
　　　註解　辛辣的－只當形容詞

3550. beget (to cause, produce as an effect)
　　　註解　產生－只當動詞

3551. derelict (abandoned)
　　　註解　放棄的－可當形容詞和名詞

3552. dwarf (a small person; midget)
　　　註解　矮小的人－可當形容詞，名詞和動詞

3553. vigilant (alert)
　　　註解　注意的－只當形容詞

3554. prevail (triumph)
　　　註解　流行－只當動詞

3555. unscrupulous (unprincipled)
　　　註解　沒有道德的－只當形容詞

3556. prey (an animal hunted or seized for food)
　　　註解　被捕食之動物－可當名詞和動詞

3557. laud (praise)
　　　註解　讚美－可當動詞和名詞

3558. deity (divinity)
　　　註解　神性－只當名詞

3559. contemptuous (scornful)

註解　輕視的－只當形容詞

3560. aspire (desire earnestly)

註解　渴望－只當動詞

3561. devastation (desolation)

註解　毀壞－只當名詞

3562. controversial (debatable)

註解　有爭論的－只當形容詞

3563. belligerent (warlike)

註解　戰爭的－可當形容詞和名詞

3564. compassion (sympathy)

註解　同情－只當名詞

3565. intimate (hint)

註解　暗示－只當動詞

3566. dearth (scarcity)

註解　缺乏－只當名詞

3567. bondage (slavery)

註解　奴隸－只當名詞

3568. abdicate (renounce)

註解　放棄－只當動詞

3569. edict (decree)

註解　佈告－只當名詞

3570. coercion (force)

註解　強制－只當名詞

3571. taciturn (silent)

註解　沉默的－只當形容詞

3572. immortal (imperishable)

註解　不朽的－可當形容詞和名詞

3573. quirk (peculiarity)

註解　怪癖－只當名詞

3574. dissuade (discourage)

註解　勸阻－只當動詞

3575. vogue (popularity)

註解　流行－只當名詞

3576. covenant (treaty; pact; convention)
　　　註解　契約－可當名詞和動詞

3577. aristocrat (noble; peer; lord)
　　　註解　貴族－只當名詞

3578. deluge (overwhelm)
　　　註解　壓倒－可當動詞和名詞

3579. harass (torment)
　　　註解　侵擾－只當動詞

3580. infamy (disrepute; obloquy; odium)
　　　註解　醜名－只當名詞

3581. tersely (concisely)
　　　註解　簡明地－只當副詞，原型爲形容詞

3582. stagnant (inactive)
　　　註解　不活潑的－只當形容詞

3583. infernal (fiendish)
　　　註解　地獄的－只當形容詞

3584. arbiter (judge)
　　　註解　仲裁人－只當名詞

3585. discriminate (distinguish)
　　　註解　歧視－可當動詞和形容詞

3586. exultant (elated)
　　　註解　狂歡的－只當形容詞

3587. curtail (lessen)
　　　註解　縮短－只當動詞

3588. suave (polished)
　　　註解　溫和的－只當形容詞

3589. animate (enliven)
　　　註解　激勵－可當動詞和形容詞

3590. avowal (open declaration)
　　　註解　公開宣佈－只當名詞

3591. repudiate (disown)
　　　註解　否認－只當動詞

3592. fidelity (faithfulness)
　　　註解　忠誠－只當名詞

3593. tepid (lukewarm)
> 註解　微溫的－只當形容詞

3594. interminable (unending)
> 註解　無終止的－只當形容詞

3595. scrunch (to crunch; crush; crumple)
> 註解　發出嘎嘎聲音－可當動詞和名詞，同 crunch

3596. albuminuria (the presence of albumin in the urine)
> 註解　蛋白尿症－只當名詞

3597. abeyant (temporary inactive or suspended)
> 註解　暫停的－只當形容詞

3598. zealot (enthusiast)
> 註解　熱心者－只當名詞

3599. citified (having city habits, fashions)
> 註解　有城市生活，習慣的－只當形容詞

3600. cardoon (a perennial plant)
> 註解　朝鮮薊－只當名詞

3601. superstratum (an overlying stratum or layer)
> 註解　上層－只當名詞

3602. neutralize (counteract)
> 註解　使無效－只當動詞

3603. dixy (a large iron pot by the army)
> 註解　軍營用之大鐵鍋－同 dixie

3604. illicit (unlawful)
> 註解　非法的－只當形容詞

3605. reverie (daydream)
> 註解　幻想－只當動詞，同 revery

3606. recoil (shrink)
> 註解　退縮－可當名詞和動詞

3607. fluctuate (waver)
> 註解　升降－只當動詞

3608. stalemate (deadlock)
> 註解　停頓－可當名詞和動詞

3609. auriscope (otoscope)
> 註解　耳鏡－只當名詞

3610. facile (easy)

　　　　註解　容易的－只當形容詞

3611. averment (a positive statement)

　　　　註解　斷言－只當名詞

3612. intrinsic (native; innate; real)

　　　　註解　固有的，內在的－只當形容詞，同 intrinsical

3613. dispel (scatter)

　　　　註解　驅逐－只當動詞

3614. surmount (conquer)

　　　　註解　克服－只當動詞

3615. incog (having one's identity concealed)

　　　　註解　隱姓埋名的－可當形容詞，名詞和副詞，同 incognito

3616. bestow (grant; vouchsafe)

　　　　註解　給予－只當動詞

3617. relapse (to fall or slip back into a former state, practice, etc.)

　　　　註解　回復，復發－可當動詞和名詞

3618. advent (arrival)

　　　　註解　到達－只當名詞

3619. perverse (contrary)

　　　　註解　荒謬的－只當形容詞

3620. devoid (empty)

　　　　註解　空的－只當形容詞

3621. ostrich (a large two-toed, swift-footed, flight-less bird)

　　　　註解　駝鳥－只當名詞

3622. acquit (clear)

　　　　註解　清還－只當動詞

3623. assoil (absolve)

　　　　註解　補償－只當動詞

3624. bulky (massive; clumsy; cumbersome)

　　　　註解　龐大的－只當形容詞

3625. caprice (whim)

　　　　註解　善變－只當名詞

3626. pugh (used as an exclamation of disgust)

　　　　註解　呸－表輕視，只當驚嘆詞

3627. bounty (reward)
註解 獎金－只當名詞

3628. bolster (prop)
註解 支柱－可當名詞和動詞

3629. credulity (belief)
註解 輕信－只當名詞

3630. loath (unwilling)
註解 不願意的－只當形容詞

3631. lithe (flexible)
註解 容易彎的－只當形容詞

3632. prevaricate (lie)
註解 支支吾吾－只當動詞

3633. placate (appease)
註解 安慰－只當動詞

3634. dissonance (discord)
註解 不調和－只當名詞

3635. torsion (twisting)
註解 扭轉－只當名詞

3636. effrontery (impudence)
註解 無恥－只當名詞

3637. retinue (a body of retainers in attendance upon an important personage)
註解 侍從－只當名詞

3638. pseudo (pretended)
註解 假的－只當形容詞

3639. awry (askew)
註解 歪斜的－可當形容詞和副詞

3640. glide (flow; slide)
註解 滑動－可當動詞和名詞

3641. lucubrate (to work, write, or study laboriously)
註解 著作，研究－只當動詞

3642. connivance (collusion)
註解 默許－只當名詞

3643. incipient (beginning)
註解 開始的－只當形容詞

3644. assiduous (diligent)
　　　註解　恆心的－只當形容詞

3645. auspicious (favorable)
　　　註解　興盛的－只當形容詞

3646. vernacular (common speech)
　　　註解　本國語，土語－可當名詞和形容詞

3647. turgid (swollen)
　　　註解　腫脹的－只當形容詞

3648. ethnology (study of races)
　　　註解　人種學－只當名詞

3649. panoramic (comprehensive)
　　　註解　全景的－只當形容詞

3650. relic (a surviving memorial of something past)
　　　註解　遺俗－只當名詞

3651. apposite (appropriate)
　　　註解　適當的－只當形容詞

3652. disparage (belittle)
　　　註解　輕視－只當動詞

3653. derisive (expressing ridicule)
　　　註解　嘲笑的－只當形容詞

3654. opulent (wealth)
　　　註解　富有的－只當形容詞

3655. cryptic (hidden)
　　　註解　秘密的－只當形容詞

3656. avidity (greediness)
　　　註解　貪心－只當名詞

3657. hiatus (opening)
　　　註解　裂縫－只當名詞

3658. capricious (fickle)
　　　註解　多變的－只當形容詞

3659. extirpate (eradicate)
　　　註解　拔除－只當動詞

3660. benison (blessing)
　　　註解　祝福－只當名詞

3661. sanguine (red)
　　　 註解　紅潤的－只當形容詞

3662. verbatim (word for word)
　　　 註解　逐字的－可當形容詞和副詞

3663. acclaim (applaud)
　　　 註解　喝采－可當動詞和名詞

3664. defer (postpone)
　　　 註解　延期－只當動詞

3665. ensue (follow)
　　　 註解　因此發生－只當動詞

3666. hypothetical (theoretical)
　　　 註解　假定的－只當形容詞，同 hypothetic

3667. disparege (belittle)
　　　 註解　輕視－只當動詞

3668. luggage (baggage; suitcases)
　　　 註解　行李－只當名詞

3669. filch (steal)
　　　 註解　偷竊－只當動詞

3670. decant (pour off)
　　　 註解　將各種液體倒出－只當動詞

3671. heretical (unorthodox)
　　　 註解　邪說的－只當形容詞

3672. chivalrous (courteous)
　　　 註解　有風度的－只當形容詞

3673. rejuvenate (renew)
　　　 註解　恢復活力－只當動詞

3674. soliloquy (monologue)
　　　 註解　自言自語－只當名詞

3675. nebulous (cloudy)
　　　 註解　模糊的－只當形容詞

3676. stupefy (make dull)
　　　 註解　使失神－只當動詞

3677. admonish (caution)
　　　 註解　勸告－只當動詞

3678. figment (invention)
　　註解　虛構事物－只當名詞

3679. coalesce (combine)
　　註解　聯合－只當動詞

3680. gauche (clumsy)
　　註解　笨拙的－只當形容詞

3681. atrophy (waste away)
　　註解　萎縮－可當名詞和動詞

3682. ardent (eager)
　　註解　熱情的－只當形容詞

3683. befit (suit)
　　註解　適當－只當動詞

3684. reverberate (resound)
　　註解　回響－只當動詞

3685. suffrage (the right to vote)
　　註解　投票－只當名詞

3686. tempestuous (violent)
　　註解　騷動的－只當形容詞

3687. remuneration (compensation)
　　註解　酬勞－只當名詞

3688. aura (distinctive atmosphere)
　　註解　氣氛－只當名詞

3689. resilience (elasticity)
　　註解　彈力－只當名詞

3690. facetious (witty)
　　註解　開玩笑的－只當形容詞

3691. malediction (curse)
　　註解　詛咒－只當名詞

3692. explicit (definite)
　　註解　明確的－只當形容詞

3693. stay-at-home (one who stays at home a good deal)
　　註解　很少離家的人－可當名詞和形容詞

3694. debonair (gay)
　　註解　快樂的－只當形容詞，同 debonaire

3695. ponderous (heavy)
　　　註解　笨重的－只當形容詞

3696. delete (erase)
　　　註解　消除－只當動詞

3697. charlatan (quack)
　　　註解　騙子－只當名詞

3698. sundry (various)
　　　註解　多樣的－只當形容詞

3699. aggregate (sum)
　　　註解　合計－可當動詞，名詞和形容詞

3700. therapeutic (curative)
　　　註解　治療的－只當形容詞，同 therapeutical

3701. attrition (wearing down)
　　　註解　磨損－只當名詞

3702. abolition (complete destruction)
　　　註解　廢止－只當名詞

3703. mainstay (the state that secures the mainmast)
　　　註解　主要的依靠－只當名詞

3704. cuisine (style of cooking)
　　　註解　烹調－只當名詞

3705. devious (roundabout; tortuous)
　　　註解　偏僻的－只當形容詞

3706. mercenary (serving only for pay)
　　　註解　爲錢而工作的－可當形容詞和名詞

3707. rasping (irritating)
　　　註解　刺激的－只當形容詞，但原型可當名詞和動詞

3708. reducible (capable of being reduced)
　　　註解　可減少的－只當形容詞

3709. truncate (cut off)
　　　註解　切掉－可當動詞和形容詞

3710. inoculate (inflect)
　　　註解　注入－只當動詞

3711. querulous (fretful)
　　　註解　愛抱怨的－只當形容詞

3712. climacteric (the period menopause; any critical period)
　　　註解　更年期，緊要時期－可當名詞和形容詞

3713. sloth (laziness)
　　　註解　怠惰－只當名詞

3714. uncanny (weird)
　　　註解　奇怪的－只當形容詞

3715. peer (equal)
　　　註解　同輩－可當名詞和動詞

3716. innovation (change)
　　　註解　改革－只當名詞

3717. abacist (a person who uses an abacus)
　　　註解　使用算盤的人－只當名詞

3718. append (attach)
　　　註解　附加－只當動詞

3719. autonomy (independence)
　　　註解　自治－只當名詞

3720. schism (division)
　　　註解　派別－只當名詞

3721. terminology (nomenclature)
　　　註解　術語－只當名詞

3722. fustigate (to cudgel, beat, punish severely)
　　　註解　棍打－只當動詞

3723. fetal (of pertaining to or having the character of a fetus)
　　　註解　胎兒的－只當形容詞，同 foetal

3724. refute (disprove)
　　　註解　反駁－只當動詞

3725. compliant (submissive)
　　　註解　順從的－只當形容詞

3726. prudent (wise)
　　　註解　有智慮的－只當形容詞

3727. caustic (biting; mordant; bitter)
　　　註解　刻薄的－只當形容詞

3728. apathy (lack of feeling)
　　　註解　冷淡－只當名詞

3729. stipend (salary)
　　註解　薪水－只當名詞

3730. fiasco (complete failure)
　　註解　慘敗－只當名詞

3731. graphic (detailed)
　　註解　圖表的－只當形容詞

3732. ruthless (pitiless)
　　註解　無情的－只當形容詞

3733. abduct (kidnap)
　　註解　綁架－只當動詞

3734. irate (angry)
　　註解　生氣的－只當形容詞

3735. acme (summit)
　　註解　頂點－只當名詞

3736. appall (dismay)
　　註解　驚嚇－只當動詞，同 appal

3737. unscathed (uninjured)
　　註解　未受傷害的－只當形容詞

3738. charlatan (quack)
　　註解　騙子－只當名詞

3739. connotation (implication)
　　註解　暗示－只當名詞

3740. fulminating (thundering)
　　註解　猛烈攻擊的－只當形容詞，但原型可當動詞和名詞

3741. cartel (syndicate)
　　註解　卡特爾，企業組織－只當名詞

3742. brochure (pamphlet)
　　註解　小冊子－只當名詞

3743. difficile (hard to deal with please; hard to do)
　　註解　難以處理的－只當形容詞

3744. amass (accumulate)
　　註解　積聚－只當動詞

3745. forbearance (patience)
　　註解　耐性－只當名詞

3746. disgruntled (displeased)
　　　 註解　　不高興的－只當形容詞

3747. homogeneous (similar)
　　　 註解　　相似的－只當形容詞

3748. infamy (disgrace)
　　　 註解　　可恥行為－只當名詞

3749. prolocutor (chairman)
　　　 註解　　會議主席－只當名詞

3750. decorum (seemliness)
　　　 註解　　禮節－只當名詞

3751. intrepid (fearless)
　　　 註解　　不害怕的－只當形容詞

3752. evasive (shifty)
　　　 註解　　逃避的－只當形容詞

3753. despicable (contemptible)
　　　 註解　　卑劣的－只當形容詞

3754. elutriate (to purify by washing)
　　　 註解　　洗淨－只當動詞

3755. indicative (suggestive)
　　　 註解　　指示的－只當形容詞

3756. excruciating (torturing)
　　　 註解　　非常痛苦的－只當形容詞

3757. ostentatious (showy)
　　　 註解　　誇張的－只當形容詞

3758. fray (combat)
　　　 註解　　爭吵－可當動詞和名詞

3759. actuate (impel)
　　　 註解　　推動－只當動詞

3760. laconic (terse)
　　　 註解　　簡明的－只當形容詞

3761. erudite (learned)
　　　 註解　　有學問的－只當形容詞

3762. misconstrue (misinterpret)
　　　 註解　　誤解－只當動詞

3763. caste (division of society)
　　註解　社會階級－只當名詞

3764. conducive (helpful)
　　註解　有助益的－只當形容詞

3765. superincumbent (situated above; overhanging)
　　註解　在上面的－只當形容詞

3766. garish (showy)
　　註解　虛飾的－只當形容詞

3767. affront (insult)
　　註解　冒犯－可當動詞和名詞

3768. retribution (punishment)
　　註解　報應－只當名詞

3769. acrimonious (stinging)
　　註解　辛辣的－只當形容詞

3770. inexorable (relentless)
　　註解　無情的－只當形容詞

3771. obscurity (darkness; dimness)
　　註解　黑暗－只當名詞

3772. destitution (extreme poverty)
　　註解　貧困－只當名詞

3773. impotent (lacking strength)
　　註解　無力的－只當形容詞

3774. sojourn (temporary stay)
　　註解　逗留－可當動詞和名詞

3775. concord (agreement)
　　註解　協調－只當名詞

3776. qualm (sudden misgiving)
　　註解　焦慮不安－只當名詞

3777. convivial (gay)
　　註解　歡樂的－只當形容詞

3778. docent (a college or university lecturer)
　　註解　大學講師－只當名詞

3779. loquat (a small, evergreen, malaceous tree; the fruit itself)
　　註解　枇杷－只當名詞

3780. astringent (contracting)
> 註解　收斂的－只當形容詞

3781. amenities (pleasantries)
> 註解　令人愉快之事物－只當名詞

3782. adhibit (take or let in; admit)
> 註解　應用，允許－只當動詞

3783. provocation (cause of irritation)
> 註解　引起－只當名詞

3784. candid (straightforward)
> 註解　坦白的－只當形容詞

3785. correlate (connect systematically)
> 註解　關連的－可當動詞，形容詞和名詞

3786. palpitate (throb)
> 註解　跳動－只當動詞

3787. disserve (to serve harmfully or injuriously)
> 註解　虐待－只當動詞

3788. rudimentary (elementary)
> 註解　基本的－只當形容詞

3789. deploy (to spread out)
> 註解　展開－只當動詞

3790. abacus (adding device)
> 註解　算盤－只當名詞

3791. ameliorate (improve)
> 註解　改進－只當動詞

3792. caress (touch; stroke)
> 註解　撫愛，撫摸－可當動詞和名詞

3793. facet (phase)
> 註解　刻面－可當動詞和名詞

3794. calligraphy (beautiful handwriting; fine penmanship)
> 註解　書法－只當名詞

3795. disreputable (shameful)
> 註解　可恥的－只當形容詞

3796. literatim (letter for letter; literally)
> 註解　逐字地－只當副詞

3797. concise (brief)
　　　註解　簡要的－只當形容詞

3798. chary (careful)
　　　註解　小心的－只當形容詞

3799. enigma (riddle)
　　　註解　謎語－只當名詞

3800. inveterate (habitual)
　　　註解　習慣的－只當形容詞

3801. evict (expel; oust)
　　　註解　驅逐－只當動詞

3802. felon (criminal)
　　　註解　罪犯－可當名詞和形容詞

3803. implicit (unquestioning)
　　　註解　毫無疑問的－只當形容詞

3804. extraneous (foreign)
　　　註解　外來的－只當形容詞

3805. absolve (forgive)
　　　註解　赦免－只當動詞

3806. requisite (necessary)
　　　註解　必需的－可當形容詞和名詞

3807. scintillate (sparkle)
　　　註解　發出亮光－只當動詞

3808. obeisance (deference)
　　　註解　尊崇－只當名詞

3809. petulant (peevish)
　　　註解　性急的－只當形容詞

3810. trenchant (keen)
　　　註解　尖刻的－只當形容詞

3811. capacious (spacious; roomy; ample; large)
　　　註解　寬大的－只當形容詞

3812. aromatic (fragrant)
　　　註解　芳香的－可當形容詞和名詞

3813. whet (stimulate)
　　　註解　刺激－可當動詞和名詞

3814. compatible (harmonious)
> **註解** 協調的－只當形容詞

3815. repugnance (reluctance; hatred; hostility)
> **註解** 嫌惡－只當名詞，同 repugnancy

3816. atrocity (quality of state of being atrocious)
> **註解** 暴行－只當名詞

3817. uterus (the womb of certain mammals)
> **註解** 子宮－只當名詞

3818. vapid (insipid)
> **註解** 淡而無味的－只當形容詞

3819. propriety (fitness)
> **註解** 適當－只當名詞

3820. scrupulous (exact)
> **註解** 確實的－只當形容詞

3821. cryptic (enigmatic; mysterious; puzzling)
> **註解** 秘密的－只當形容詞

3822. lacerated (mangled)
> **註解** 撕裂的－只當形容詞，但原型可當形容詞和動詞

3823. indolence (laziness)
> **註解** 懶惰－只當名詞

3824. contravene (to come or be in conflict with)
> **註解** 抵觸－只當動詞

3825. emetic (an emetic medicine or agent)
> **註解** 催嘔吐劑－可當名詞和形容詞

3826. extricate (disentangle)
> **註解** 解救－只當動詞

3827. coerce (compel)
> **註解** 強迫－只當動詞

3828. inveigh (to protest strongly or attack vehemently with words)
> **註解** 痛罵－只當動詞

3829. concentrate (consolidate)
> **註解** 集中，專心－可當動詞和名詞

3830. cortege (retinue)
> **註解** 隨從－只當名詞，為法國字

3831. Achilles' heel (vulnerable point)
　　　註解　唯一之弱點－只當名詞，爲借用荷馬史詩

3832. decry (belittle)
　　　註解　責備－只當動詞

3833. rendition (a translation)
　　　註解　翻譯－只當名詞

3834. coterie (exclusive group)
　　　註解　小團體－只當名詞

3835. balked (thwarted)
　　　註解　阻止的－只當形容詞，但原型可當動詞和名詞

3836. indiscreet (unwise)
　　　註解　不謹愼的－只當形容詞

3837. envisage (contemplate)
　　　註解　注視－只當動詞

3838. anchorage (a place anchoring)
　　　註解　停泊－只當名詞

3839. paragon (model)
　　　註解　模範－可當名詞和動詞

3840. autarchy (self-government)
　　　註解　獨裁－只當名詞

3841. component (ingredient)
　　　註解　成分－可當名詞和形容詞

3842. gruesome (causing one to shudder with horror)
　　　註解　令人害怕的－只當形容詞，同 grewsome

3843. nettle (irritate)
　　　註解　刺激－可當名詞和動詞

3844. terse (concise)
　　　註解　簡明的－只當形容詞

3845. volatile (changeable)
　　　註解　容易變的－只當形容詞

3846. dais (platform)
　　　註解　高座台－只當名詞

3847. introspective (practicing self-examination)
　　　註解　內省的－只當形容詞

3848. discrimination (insight)
　　　註解　歧視－只當名詞

3849. admonish (rebuke; censure)
　　　註解　勸告－只當動詞

3850. dilettante (dabbler)
　　　註解　業餘藝術愛好者－可當名詞和形容詞

3851. dispirited (discourage; gloomy)
　　　註解　沮喪的－只當形容詞

3852. recluse (hermit)
　　　註解　隱士－可當名詞和形容詞

3853. memoir (records of one's life and experiences)
　　　註解　傳記－只當名詞

3854. abate (decrease)
　　　註解　減少－只當動詞

3855. insurgent (rebellious)
　　　註解　叛徒－可當名詞和形容詞

3856. sublime (exalted)
　　　註解　高尚的－只當形容詞

3857. intimidate (suggest)
　　　註解　脅迫－只當動詞

3858. provisional (tentative)
　　　註解　臨時的－只當形容詞

3859. recalcitrant (conservative)
　　　註解　反抗的－可當形容詞和名詞

3860. accouterments (equipment)
　　　註解　裝備－只當名詞，同 accoutrement

3861. discretion (individual judgment)
　　　註解　自行決定－只當名詞

3862. laudable (praiseworthy)
　　　註解　值得讚美的－只當形容詞

3863. blanch (whiten)
　　　註解　漂白－只當動詞

3864. stalwart (sturdy)
　　　註解　強壯的－可當形容詞和名詞

3865. banter (playfully)
　　　註解　取笑－可當動詞和名詞

3866. incongruous (unsuitable)
　　　註解　不適合的－只當形容詞

3867. embrown (to make or become brown or dark)
　　　註解　變黃或暗－只當動詞

3868. hypocrite (deceiver; dissembler; pharisee)
　　　註解　偽君子－只當名詞

3869. jettison (throw overboard)
　　　註解　從船甲板上**抛**出貨物－可當動詞和名詞

3870. astute (shrewd)
　　　註解　狡猾的－只當形容詞

3871. breakaway (a separation; a secession)
　　　註解　脫離－可當名詞和形容詞

3872. concrete (constituting an actual thing or instance; real)
　　　註解　實在的－可當形容詞，名詞和動詞

3873. eccentricity (oddity)
　　　註解　古怪－只當名詞

3874. grapple (to try to overcome or deal)
　　　註解　揪打－可當名詞和動詞

3875. putrefy (rot)
　　　註解　腐敗－只當動詞

3876. unsavory (distasteful; not savory)
　　　註解　無味的－只當形容詞

3877. allay (calm)
　　　註解　鎮定－只當動詞

3878. proviso (condition)
　　　註解　條件－只當名詞

3879. augment (increase)
　　　註解　增加－只當動詞

3880. impunity (exemption from punishment)
　　　註解　免除－只當名詞

3881. perturb (agitate)
　　　註解　擾亂－只當動詞

3882. drivel (foolish talk)

> **註解** 胡說八道－可當動詞和名詞

3883. iota (very small quantity)

> **註解** 一點點－只當名詞

3884. defection (desertion)

> **註解** 缺點－只當名詞

3885. abdominal (of, in, on, or for the abdomen)

> **註解** 腹部的－只當形容詞

3886. bizarre (fantastic)

> **註解** 奇怪的－只當形容詞

3887. prog (to search or prowl about)

> **註解** 搜刼食物－可當動詞和名詞

3888. latent (dormant)

> **註解** 潛在的－只當形容詞

3889. bivouac (to rest or assemble in such an area)

> **註解** 露營－可當動詞和名詞

3890. augur (foretell)

> **註解** 預言－可當動詞和名詞

3891. celestial (heavenly)

> **註解** 天上的－只當形容詞

3892. eminent (noted)

> **註解** 著名的－只當形容詞

3893. impecunious (destitute; poverty-stricken)

> **註解** 貧窮的－只當形容詞

3894. seedy (shabby)

> **註解** 破爛的－只當形容詞

3895. desist (stop)

> **註解** 停止－只當動詞

3896. dewy (moist with or as with dew)

> **註解** 露水的－只當形容詞

3897. adversity (misfortune)

> **註解** 不幸－只當名詞

3898. contrite (penitent)

> **註解** 後悔的－只當形容詞

3899. paean (song of praise)
　　　　註解　讚美歌－只當名詞，同 pean

3900. archipelago (any large body of water with many islands)
　　　　註解　多島海，列島－只當名詞

3901. participant (sharer)
　　　　註解　共同分享者－可當名詞和形容詞

3902. invincible (unable to be conquered)
　　　　註解　不可征服的－只當形容詞

3903. fanaticism (excessive enthusiasm)
　　　　註解　偏見－只當名詞

3904. sagacious (wise; sage; clever; intelligent; judicious)
　　　　註解　聰明的－只當形容詞

3905. ostensibly (apparently)
　　　　註解　表面地－只當副詞，原型為形容詞

3906. collateral (situated at the side)
　　　　註解　附隨的－可當形容詞和名詞

3907. retrogressive (degenerating; backward)
　　　　註解　退步的－只當形容詞

3908. despite (in spite of; insult)
　　　　註解　不顧，侮辱－可當介詞，名詞和動詞

3909. incontrovertible (not to be disputed)
　　　　註解　無可爭辯的－只當形容詞

3910. complainant (a person, group, or company that makes a complaint, as in
　　　　a legal
　　　　action)
　　　　註解　訴苦者，原告－只當名詞

3911. intrust (to invest with a trust or responsibility)
　　　　註解　信賴－只當動詞，同 entrust

3912. regale (to feast)
　　　　註解　款待－只當動詞

3913. complacent (self-satisfied)
　　　　註解　自滿的－只當形容詞

3914. disparate (separate; divergent; inconsonant)
　　　　註解　不同類的－只當形容詞

3915. payee (one to whom money is paid)
   註解　受款人－只當名詞

3916. compulsion (force)
   註解　強迫－只當名詞

3917. nullify (destroy)
   註解　取消－只當動詞

3918. surveillance (close watch)
   註解　監視－只當名詞

3919. permeate (penetrate)
   註解　滲透－只當動詞

3920. incarcerate (imprison)
   註解　下獄－可當動詞和形容詞

3921. sentimental (romantic)
   註解　感情的－只當形容詞

3922. feat (act)
   註解　表演－只當名詞

3923. contumacious (contrary; pig-headed; refractory)
   註解　不服從的－只當形容詞

3924. pandemic (general; universal)
   註解　普遍的－可當形容詞和名詞

3925. stolid (dull)
   註解　遲鈍的－只當形容詞

3926. salvage (save)
   註解　救助－可當名詞和動詞

3927. precision (accuracy)
   註解　正確－只當名詞

3928. integrity (honesty)
   註解　正直－只當名詞

3929. relentless (stern)
   註解　殘忍的－只當形容詞

3930. capitulate (surrender)
   註解　投降－只當動詞

3931. zealousness (earnestness)
   註解　熱心－只當名詞

3932. chronology (time sequence)
　　註解　年代表－只當名詞

3933. authentic (not false or copied)
　　註解　有根據的－只當形容詞

3934. vestment (an outer garment)
　　註解　外衣－只當名詞

3935. obloquy (abuse)
　　註解　辱罵－只當名詞

3936. adolescent (youthful)
　　註解　青少年－可當名詞和形容詞

3937. dilute (weaken)
　　註解　變弱－可當動詞和形容詞

3938. cannibal (a person who eats human flesh)
　　註解　食人肉的野蠻人－只當名詞

3939. captivate (fascinate; bewitch; win; catch)
　　註解　迷惑－只當動詞

3940. acumen (cleverness)
　　註解　聰明－只當名詞

3941. voidance (annulment, as of a contract)
　　註解　契約無效－只當名詞

3942. asphyxia (suffocation)
　　註解　窒息－只當名詞

3943. cosmos (universe)
　　註解　宇宙－只當名詞

3944. prophylactic (preventive)
　　註解　預防的－可當形容詞和名詞

3945. rescind (revoke)
　　註解　廢止－只當動詞

3946. decorous (proper; seemly; decent)
　　註解　相稱的－只當形容詞

3947. enthusiastic (ardent)
　　註解　熱心的－只當形容詞

3948. prodigality (lavish abundance)
　　註解　豐富－只當名詞

3949. fathom (understand)
　　　　註解　明白－可當動詞和名詞

3950. iniquity (wickedness)
　　　　註解　邪惡－只當名詞

3951. detour (to go around)
　　　　註解　繞道－可當動詞和名詞

3952. calculate (compute　　　　)
　　　　註解　計算－只當動詞

3953. amalgamate (unite)
　　　　註解　混合－只當動詞

3954. incalculable (boundless)
　　　　註解　無限的－只當形容詞

3955. psaltery (musical instrument)
　　　　註解　絃樂器－只當名詞

3956. dormant (inactive)
　　　　註解　冬眠的－只當形容詞

3957. apprentice (a person who works for another in order to learn a trade)
　　　　註解　學徒－可當名詞和動詞

3958. forty winks (a short nap)
　　　　註解　小睡片刻－只當名詞

3959. electorate (group of voters)
　　　　註解　選民－只當名詞

3960. adorable (worthy of being adored)
　　　　註解　可敬重的－只當形容詞

3961. deflate (reduce)
　　　　註解　縮減－只當動詞

3962. rash (reckless)
　　　　註解　不小心的－可當形容詞和名詞

3963. caustic (stinging)
　　　　註解　諷刺的－只當形容詞

3964. await (to wait for; expect)
　　　　註解　期待－只當動詞

3965. ruttish (salacious; lustful)
　　　　註解　好色的－只當形容詞

3966. amicable (friendly)
　　註解　友善的－只當形容詞

3967. passive (submissive)
　　註解　被動的－可當形容詞和名詞

3968. income (gain; earnings; wages; annuity)
　　註解　收入，所得－只當名詞

3969. vertical (perpendicular)
　　註解　垂直的－可當形容詞和名詞

3970. veracity (truth)
　　註解　眞實－只當名詞

3971. apportioned (distributed)
　　註解　分配的－只當形容詞，原型爲動詞

3972. callous (unfeeling)
　　註解　無感覺的－只當形容詞

3973. filicide (a person who kills his son or daughter)
　　註解　殺子女之人－只當名詞

3974. martyrize (to make a martyr)
　　註解　使殉道－只當動詞

3975. disputatious (argumentative)
　　註解　好爭論的－只當形容詞

3976. epistolary (contained in or carried on by letters)
　　註解　書信的－只當形容詞

3977. methodically (systematically)
　　註解　有系統地－只當副詞，原型爲形容詞

3978. ingenious (clever)
　　註解　精巧的－只當形容詞

3979. humbuggery (pretense; sham)
　　註解　詐騙－只當名詞

3980. infested (overran)
　　註解　擾亂的－只當形容詞，原型爲動詞

3981. humid (moist)
　　註解　潮溼的－只當形容詞

3982. pensive (thoughtful)
　　註解　沈思的－只當形容詞

3983. impeach (accuse)
> 註解　控告－只當動詞

3984. impetus (moving force; stimulus)
> 註解　衝力－只當名詞

3985. vinedresser (a person who tends or cultivates vines, grapevines)
> 註解　葡萄園之園丁－只當名詞

3986. deputy (substitute)
> 註解　代理人－可當名詞和形容詞

3987. revelation (disclosure)
> 註解　洩露－只當名詞

3988. sallow (yellowish)
> 註解　病黃色的－可當形容詞和名詞

3989. stringent (rigid)
> 註解　嚴格的－只當形容詞

3990. wrangle (dispute)
> 註解　爭吵－可當動詞和名詞

3991. plaguy (vexatiously; excessively)
> 註解　討厭的－可當形容詞和副詞

3992. derange (to throw into disorder)
> 註解　擾亂－只當動詞

3993. prudery (excessive propriety or modesty in speech, conduct, etc.)
> 註解　裝正經－只當名詞

3994. impetuous (hasty)
> 註解　衝動的－只當形容詞

3995. squalor (wretchedness)
> 註解　不乾淨，窮苦－只當名詞

3996. girdle (a belt, cord, sash, or the like, worn about the waist)
> 註解　腰帶－可當名詞和動詞

3997. procurement (acquisition)
> 註解　獲得－只當名詞

3998. insuperable (unconquerable)
> 註解　不能克服的－只當形容詞

3999. concession (acknowledgment)
> 註解　讓步－只當名詞

4000. reprisal (retaliation)
      註解　報復－只當名詞

4001. dogged (obstinate)
      註解　固執的－只當形容詞

4002. residue (remainder)
      註解　剩餘－只當名詞

4003. obscurity (indistinctness)
      註解　模糊不明－只當名詞

4004. rigorous (stern; austere; stiff)
      註解　嚴厲的－只當形容詞

4005. augment (to make larger)
      註解　增大－只當動詞

4006. atop (on or at the top)
      註解　在上地－可當副詞和介詞

4007. prestige (influence)
      註解　威望－只當名詞

4008. vindictive (vengeful)
      註解　報復的－只當形容詞

4009. livid (discolored)
      註解　土灰色的－只當形容詞

4010. inclement (harsh)
      註解　殘酷的－只當形容詞

4011. previse (to foresee; to forewarn)
      註解　預言，警告－只當動詞

4012. cryptography (the science or study of secret writing)
      註解　密碼－只當名詞

4013. retrospect (review of the past)
      註解　回顧－可當名詞和動詞

4014. subnassal (situated beneath the nose)
      註解　鼻下面的－只當形容詞

4015. inadvertently (heedlessly)
      註解　不留心地－只當副詞，原型為形容詞

4016. versicolor (of various colors)
      註解　多色的－只當形容詞

4017. stigmatize (to mark with a stigma or brand)
　　　註解　指責－只當動詞
4018. fusible (capable of being fused or melted)
　　　註解　易熔解的－只當形容詞
4019. static (not moving)
　　　註解　靜止的－可當形容詞和名詞
4020. forestall (anticipate)
　　　註解　預期阻止－只當動詞
4021. flounder (struggle)
　　　註解　掙扎－可當動詞和名詞
4022. maestro (teacher)
　　　註解　大師－只當名詞
4023. gnarled (twisted)
　　　註解　糾結的－只當形容詞
4024. preachy (tediously; pretentiously didactic)
　　　註解　教誨的－只當形容詞
4025. privation (hardship)
　　　註解　窮困－只當名詞
4026. bipartisan (representing two parties)
　　　註解　兩黨的－只當形容詞，同 bipartizan
4027. elusive (baffling)
　　　註解　令人困惑的－只當形容詞
4028. anecdote (brief narrative)
　　　註解　簡短的故事－只當名詞
4029. wily (crafty)
　　　註解　狡詐的－只當形容詞
4030. acquiesce (submit)
　　　註解　默許－只當動詞
4031. implicate (involve)
　　　註解　牽涉－只當動詞
4032. audacious (daring)
　　　註解　大膽的－只當形容詞
4033. gaunt (lean)
　　　註解　很瘦的－只當形容詞

4034. diversity (variety)

　　註解　使變化－只當動詞

4035. enigmatic (puzzling)

　　註解　像謎樣的－只當形容詞

4036. revocation (repeal)

　　註解　廢止－只當名詞

4037. apostate (one who forsakes his religion, cause, party, etc.)

　　註解　背叛的－可當形容詞和名詞

4038. corroborate (confirm)

　　註解　確定－可當動詞和形容詞

4039. petunia (a deep, reddish purple)

　　註解　深紫紅色－只當名詞

4040. incisive (penetrating)

　　註解　尖刻的－只當形容詞

4041. forthwith (immediatcly; at once)

　　註解　立刻－只當副詞

4042. confirmation (proof)

　　註解　證實－只當名詞

4043. allot (allocate)

　　註解　分配－只當動詞

4044. probity (honesty; rectitude)

　　註解　正直－只當名詞

4045. infer (conclude)

　　註解　推論－只當動詞

4046. taunt (jeer at)

　　註解　痛罵－可當動詞和名詞

4047. gravamen (a grievance)

　　註解　苦情－只當名詞

4048. waive (give up)

　　註解　放棄－只當動詞

4049. preterit (past; bygone)

　　註解　過去的－可當名詞和形容詞，同 preterite

4050. immaculate (free from spot or stain; free from errors)

　　註解　無瑕的－只當形容詞

4051. ghat (a passage or stairway descending to a river)
　　　　註解　　山路－只當名詞，同 ghaut 均爲印度字

4052. proficiency (expertness)
　　　　註解　　精通－只當名詞

4053. dissertation (a written essay, treatise, or thesis)
　　　　註解　　學位論文－只當名詞

4054. berate (scold)
　　　　註解　　責罵－只當動詞

4055. meditate (reflect)
　　　　註解　　回想－只當動詞

4056. agility (nimbleness)
　　　　註解　　敏捷－只當名詞

4057. stillbirth (the birth of a dead child)
　　　　註解　　死胎－只當名詞

4058. amity (friendship)
　　　　註解　　友善－只當名詞

4059. abash (embarrass)
　　　　註解　　困窘－只當動詞

4060. remiss (neglectful)
　　　　註解　　疏忽的－只當形容詞

4061. craft (talent; ability; artifice)
　　　　註解　　技巧－只當名詞

4062. advocacy (act of pleading for)
　　　　註解　　辯護－只當名詞

4063. recital (a detailed statement)
　　　　註解　　述說－只當名詞

4064. flair (aptitude)
　　　　註解　　天才－只當名詞

4065. languid (spiritless)
　　　　註解　　無精神的－只當形容詞

4066. defraud (cheat)
　　　　註解　　欺騙－只當動詞

4067. pompous (self-important)
　　　　註解　　自大的－只當形容詞

4068. apparition (ghost)
　　註解　鬼怪－只當名詞

4069. chronic (habitual)
　　註解　慣常的－只當形容詞

4070. imperturbable (calm)
　　註解　鎮定的－只當形容詞

4071. mandatory (obligatory)
　　註解　命令的－可當形容詞和名詞

4072. exonerate (free from blame)
　　註解　免罪－只當動詞

4073. enmity (ill will)
　　註解　仇恨－只當名詞

4074. derision (ridicule)
　　註解　嘲笑－只當名詞

4075. ostensible (faced)
　　註解　表面的－只當形容詞

4076. inverse (apposite)
　　註解　相反的－可當形容詞和名詞

4077. feasible (practicable)
　　註解　可實行的－只當形容詞

4078. strife (conflict)
　　註解　爭吵－只當名詞

4079. rebuff (snub)
　　註解　挫折－可當名詞和動詞

4080. wily (cunning)
　　註解　狡詐的－只當形容詞

4081. azygous (not being one of a pair; single)
　　註解　不成對的，單一的－只當形容詞

4082. excerpt (selected passage)
　　註解　引述－可當名詞和動詞

4083. precipice (cliff)
　　註解　懸崖－只當名詞

4084. repugnant (distasteful)
　　註解　令人討厭的－只當形容詞

4085. profusion (abundance)

　　　註解　豐富－只當名詞

4086. dutiful (obedient)

　　　註解　服從的－只當形容詞

4087. magnanimous (high minded)

　　　註解　心地高尚的－只當形容詞

4088. oblivion (forgetfulness)

　　　註解　遺忘－只當名詞

4089. deplete (exhaust)

　　　註解　耗盡－只當動詞

4090. sporadic (infrequent)

　　　註解　不時的－只當形容詞

4091. insipid (uninteresting; pointless; tasteless)

　　　註解　淡而無味的－只當形容詞

4092. plethora (overfullness; supper-abundance)

　　　註解　過多－只當名詞

4093. benign (kindly)

　　　註解　溫和的－只當形容詞

4094. apiary (a place in which a colony or colonies of bees are kept)

　　　註解　養蜂場－只當名詞

4095. guise (appearance)

　　　註解　裝束－只當名詞

4096. tranquil (calm)

　　　註解　安靜的－只當形容詞

4097. irremissible (unable to be remitted or postponed as a duty)

　　　註解　不可免除的－只當形容詞

4098. procrastinate (postpone)

　　　註解　拖延－只當動詞

4099. obfuscate (muddle; perplex; cloud)

　　　註解　使模糊－只當動詞

4100. respite (lull)

　　　註解　中止－可當名詞和動詞

4101. integrant (making up or being a part of a whole)

　　　註解　構成整體的－可當形容詞和名詞

4102. pseudonym (pen name)
　　　註解　筆名－只當名詞

4103. directrix (a fixed line used in the description of curve or surface)
　　　註解　幾何準線－只當名詞

4104. abound (be plentiful)
　　　註解　充足－只當動詞

4105. ruddock (the European robin)
　　　註解　歐洲之知更鳥－只當名詞

4106. injunction (suggestion)
　　　註解　命令－只當名詞

4107. bicameral (having two legislative branches)
　　　註解　兩院制的－只當形容詞

4108. thwart (block)
　　　註解　阻撓－可當動詞，名詞，形容詞和副詞

4109. blandish (to coax or influence by gentle flattery; cajole)
　　　註解　奉承－只當動詞

4110. canebrake (a thicket of canes)
　　　註解　竹叢－只當名詞

4111. dexterity (skill)
　　　註解　技巧－只當名詞

4112. despondency (dejection)
　　　註解　失望－只當名詞

4113. culinary (having to do with cooking)
　　　註解　烹調用的－只當形容詞

4114. deterrent (restraining)
　　　註解　阻止的－可當形容詞和名詞

4115. abscond (flee)
　　　註解　逃亡－只當動詞

4116. novice (beginner)
　　　註解　新手－只當名詞

4117. mobile (changeable)
　　　註解　易變的－只當形容詞

4118. doldrums (low spirits)
　　　註解　消沉－只當名詞

4119. adroit (clever)

    | 註解 | 機巧的－只當形容詞

4120. valedictory (bidding good-by; saying farewell)

    | 註解 | 告別的－可當形容詞和名詞

4121. incubate (to sit upon eggs; to develop)

    | 註解 | 孵卵，培養－只當動詞

4122. cognizant (aware)

    | 註解 | 認知的－只當形容詞

4123. immoderate (exorbitant; inordinate; unreasonable)

    | 註解 | 極端的－只當形容詞

4124. accumbent (reclining)

    | 註解 | 橫臥的－只當形容詞

4125. acquiescence (compliance)

    | 註解 | 默許－只當名詞

4126. stipulate (specify)

    | 註解 | 記明－可當動詞和形容詞

4127. flotsam (wreckage)

    | 註解 | 殘骸－只當名詞

4128. nefarious (wicked)

    | 註解 | 邪惡的－只當形容詞

4129. paucity (lack)

    | 註解 | 稀少－只當名詞

4130. indubitable (undeniable)

    | 註解 | 毫無疑問的－只當形容詞

4131. savant (learned man)

    | 註解 | 有學問的人－只當名詞

4132. virile (manly)

    | 註解 | 男性的－只當形容詞

4133. cataclysm (upheaval)

    | 註解 | 劇變－只當名詞

4134. banquet (feast)

    | 註解 | 宴會－可當名詞和動詞

4135. emolument (compensation)

    | 註解 | 報酬－只當名詞

4136. expunge (delete)
　　　　註解　刪除－只當動詞

4137. deduce (infer)
　　　　註解　推論－只當動詞

4138. ignominy (disgrace)
　　　　註解　醜事－只當名詞

4139. gander (the male of goose)
　　　　註解　雄鵝，呆頭鵝－只當名詞

4140. ambulatory (able to walk)
　　　　註解　能走的－可當形容詞和名詞

4141. limpid (clear)
　　　　註解　透明的－只當形容詞

4142. debilitate (weaken)
　　　　註解　使衰弱－只當動詞

4143. blandishment (flattery)
　　　　註解　奉承－只當名詞

4144. raucous (harsh)
　　　　註解　沙啞的－只當形容詞

4145. epitome (summary)
　　　　註解　簡要－只當名詞

4146. plenary (full)
　　　　註解　完全的－只當形容詞

4147. specious (plausible)
　　　　註解　好像是真的－只當形容詞

4148. equivocal (doubtful)
　　　　註解　可疑的－只當形容詞

4149. beatific (giving bliss)
　　　　註解　祝福的－只當形容詞

4150. surcease (end)
　　　　註解　停止－可當動詞和名詞

4151. obviate (make unnecessary)
　　　　註解　避免－只當動詞

4152. rancor (spite)
　　　　註解　怨恨－只當名詞，同 rancour

4153. sebaceous (fatty)
　　註解　脂肪的－只當形容詞
4154. ebullition (boiling)
　　註解　沸騰－只當名詞
4155. recondite (concealed)
　　註解　隱藏的－只當形容詞
4156. dissimulate (pretend)
　　註解　假裝－只當動詞
4157. termagant (noisy woman)
　　註解　潑婦－可當名詞和形容詞
4158. vitiate (contaminate)
　　註解　污損－只當動詞
4159. adventitious (accidental)
　　註解　偶然的－只當形容詞
4160. descried (sighted)
　　註解　發現的－只當形容詞，原型為動詞
4161. sentient (capable of feeling)
　　註解　有感覺的－可當形容詞和名詞
4162. peruse (read)
　　註解　閱讀－只當動詞
4163. truncheon (baton)
　　註解　警棍－只當名詞
4164. dilatory (tardy)
　　註解　拖延的－只當形容詞
4165. relegate (banish)
　　註解　放棄－只當動詞
4166. redolent (odorous)
　　註解　芳香的－只當形容詞
4167. sublethal (almost lethal or fatal)
　　註解　不足以致死的－只當形容詞
4168. sedulous (diligent)
　　註解　勤勉的－只當形容詞
4169. crave (require; desire greatly)
　　註解　渴望－只當動詞

4170. animus (animosity)
　　　註解　　敵意－只當名詞

4171. hostility (feel antipathy)
　　　註解　　敵對－可當名詞

4172. hurry (hasten)
　　　註解　　匆忙－可當動詞和名詞

4173. ill-looking (ugly; sinister)
　　　註解　　樣子可怕的－只當形容詞

4174. worshipful (given to the worship of something)
　　　註解　　崇拜的－只當形容詞

4175. formletter (a letter, usually printed or typed, which be sent to any number of readers)
　　　註解　　複印(寫)函件－只當名詞

4176. compress (squeeze together)
　　　註解　　壓縮－可當動詞和名詞

4177. aware (cognizant)
　　　註解　　認知的－只當形容詞

4178. plead (ask earnestly)
　　　註解　　懇求－只當動詞

4179. shyness (diffidence)
　　　註解　　害羞－只當名詞

4180. epee (a sharp weapon)
　　　註解　　一種劍－只當名詞，爲法國字

4181. flatter (praise someone too much)
　　　註解　　諂媚－只當動詞

4182. coward (a man who is not brave)
　　　註解　　膽小的－可當形容詞和名詞

4183. cannery (a place where foodstuffs are canned)
　　　註解　　食品罐頭工廠－只當名詞

4184. fluffy (soft and light)
　　　註解　　鬆軟的－只當形容詞

4185. tug (pull with force)
　　　註解　　拖拉－可當動詞和名詞

4186. lively (agile)

註解　快樂的－只當形容詞

4187. mansion (a large imposing house of residence)

註解　大廈－只當名詞

4188. ominous (report; threatening)

註解　預兆的－只當形容詞

4189. extensive (far; reaching)

註解　廣泛的－只當形容詞

4190. slantwise (aslant; obliquely)

註解　傾斜地－可當副詞和形容詞

4191. garrison (a fortified place occupied by soldiers)

註解　要塞－可當名詞和動詞

4192. reprobate (tramp; scoundrel; wastrel; rogue)

註解　墮落的人－可當名詞，形容詞和動詞

4193. marshal (a law officer)

註解　軍或警官－可當名詞和動詞

4194. heed (pay attention to)

註解　注意－可當動詞和名詞

4195. vendor (one who sells something)

註解　賣主－只當名詞，同 vender

4196. retrace (to trace backward; go back over)

註解　退回－只當動詞

4197. eulogy (a speech praising someone)

註解　頌揚－只當名詞

4198. pinch (press between one＇s fingers)

註解　捏，擠－可當動詞和名詞

4199. penitence (regret; repentance)

註解　悔悟－只當名詞

4200. hamlet (a small village)

註解　小村莊－只當名詞

4201. soothe (make calm)

註解　安撫－只當動詞

4202. ankle (the joint between the foot and the leg)

註解　腳踝－只當名詞

4203. ablactate (to wean)

註解　使斷奶－只當動詞

4204. plump (having a full, rounded shape)

註解　圓胖的－只當形容詞

4205. courageous (strong and bold)

註解　勇敢的－只當形容詞

4206. avaricious (greedy)

註解　貪心的－只當形容詞

4207. acquire (get; earn)

註解　獲得－只當動詞

4208. restitution (act of giving an equivalent for loss or damage)

註解　賠償－只當名詞

4209. lofty (very high)

註解　很高的－只當形容詞

4210. ferry (cross a river in a boat)

註解　渡船－可當名詞和動詞

4211. tedium (the quality or state of being wearisome; irksomeness)

註解　厭煩－只當名詞

4212. troglodyte (one who is a cave dweller)

註解　隱士－只當名詞

4213. slash (a long, deep cut)

註解　砍，斬－可當動詞和名詞

4214. tributary (a river that flows into a large one)

註解　支流－可當名詞和形容詞

4215. defy (oppose or challenge)

註解　不服從－可當動詞和名詞

4216. hail (give a welcoming cry)

註解　歡呼－可當動詞和名詞

4217. beat (whip)

註解　打擊－可當動詞和名詞

4218. vociferant (one who vociferates)

註解　大聲呼叫的人－可當名詞和形容詞

4219. recline (to lean or lie back)

註解　斜躺－只當動詞

4220. feast (banquet)

註解　宴會－可當名詞和動詞

4221. investigate (examine completely)
　　　註解　調查－只當動詞

4222. amuse (make one smile)
　　　註解　娛樂－只當動詞

4223. search (quest)
　　　註解　尋找－可當動詞和名詞

4224. gem (a precious stone)
　　　註解　寶石－可當名詞和動詞

4225. colleague (a fellow worker or associate)
　　　註解　同事－只當名詞

4226. singularize (to make singular)
　　　註解　使單獨化－只當動詞

4227. fillip (to strike with the nail of a finger)
　　　註解　以指頭彈打－可當動詞和名詞

4228. aghast (filled with sudden fright or horror)
　　　註解　恐怖的－只當形容詞

4229. banter (tease playfully)
　　　註解　嘲弄－可當動詞和名詞

4230. showy (pretentious)
　　　註解　華麗的－只當形容詞

4231. saunter (stroll aimlessly)
　　　註解　閒逛－可當動詞和名詞

4232. referee (a judge in sports)
　　　註解　裁判員－可當名詞和動詞

4233. fury (vehement and uncontrolled anger)
　　　註解　暴怒－只當名詞

4234. set about (begin)
　　　註解　著手－動詞片語

4235. disabuse (to free any one from error; set right)
　　　註解　解惑，矯正－只當動詞

4236. gangster (a criminal)
　　　註解　歹徒－只當名詞

4237. prominent (salient)

註解　著名的－只當形容詞

4238. interfluent (flowing into one another)

　　　註解　互相流入的－只當形容詞

4239. ridicule (derision)

　　　註解　嘲笑－可當動詞和名詞

4240. chasm (a hole in the earth's surface)

　　　註解　地上裂縫－只當名詞

4241. acreage (extent or area in acres)

　　　註解　英畝數－只當名詞

4242. discern (recognize or perceive)

　　　註解　辨識－只當動詞

4243. palpable (obvious)

　　　註解　很明顯的－只當形容詞

4244. scorch (burn slightly)

　　　註解　燒焦－可當動詞和名詞

4245. dagger (a small knife)

　　　註解　匕首－只當名詞

4246. dextral (of pertaining to, or on the right side)

　　　註解　右邊的－只當形容詞

4247. vigor (energy)

　　　註解　精力－只當名詞，同 vigour

4248. concede (acknowledge or agree unwillingly)

　　　註解　讓步－只當動詞

4249. extinguished (go out)

　　　註解　撲滅的－只當形容詞，原型為動詞

4250. bold (audacious attempt)

　　　註解　魯莽的－只當形容詞

4251. wide-awake (alert; keen; knowing)

　　　註解　機警的－只當形容詞

4252. smooth (a glib talker)

　　　註解　流利－可當形容詞，動詞和名詞

4253. precisely (exactly)

　　　註解　正確地－只當副詞，原型為形容詞

4254. bellow (shout loudly)

> 註解　大吼大叫－可當動詞和名詞

4255. blizzard (a severe snowstorm with high winds)
> 註解　暴風雪－只當名詞

4256. cider (the juice from apples)
> 註解　蘋果汁－只當名詞

4257. anguish (great sorrow and pain)
> 註解　驚恐－只當名詞

4258. sever (cut in two)
> 註解　切斷－只當動詞

4259. expand (make larger)
> 註解　擴張－只當動詞

4260. broaden (become or make broad; widen)
> 註解　放寬－只當動詞

4261. roar (bawl; yell)
> 註解　大吼大叫－可當動詞和名詞

4262. devour (eat quickly and hungrily)
> 註解　狼吞虎嚥－只當動詞

4263. guffaw (a loud laugh)
> 註解　大笑－可當動詞和名詞

4264. lag (walk slowly)
> 註解　慢慢的走－可當動詞和名詞

4265. brawl (noisy quarrel)
> 註解　爭吵－可當名詞和動詞

4266. duffel (supplies for camping)
> 註解　運動員或露營者之裝備－只當名詞

4267. odd (eccentric)
> 註解　古怪的－只當形容詞

4268. anarchist (one who believes in terroristic resistance to all government)
> 註解　無政府主義者－只當名詞

4269. wrath (irritate; great anger)
> 註解　憤怒－只當名詞

4270. radical (one who attacks cherished traditions as shams)
> 註解　極端份子－可當形容詞和名詞

4271. perished (extinct)

註解 毀滅的－只當形容詞，原型爲動詞

4272. marsh (a soft area of land)

註解 沼澤－只當名詞

4273. smuggle (import or export illegally and secretly)

註解 走私－只當動詞

4274. pot (a metal vessel used for boiling water)

註解 壺，鍋之類－可當名詞和動詞

4275. inane (a silly or foolish remark)

註解 愚笨的－可當形容詞和名詞

4276. ordeal (a difficult and dangerous experience)

註解 嚴酷考驗－只當名詞

4277. lull (a pause)

註解 休息－可當名詞和動詞

4278. prank (a trick)

註解 戲弄－可當名詞和動詞

4279. misguide (influence to act wrongly)

註解 誤導－只當動詞

4280. shun (avoid)

註解 避免－只當動詞

4281. vesture (everything growing on and covering the land)

註解 地上生長物－可當名詞和動詞

4282. alter (authorize)

註解 改變－只當動詞

4283. babbler (one who or that which babbles)

註解 胡說之人－只當名詞

4284. retract (take back)

註解 縮回－只當動詞

4285. vicarious (not actually experienced)

註解 感受到的－只當形容詞

4286. mediate (arbitrate; intercede; interpose)

註解 中間協調－可當動詞和形容詞

4287. florid (flushed)

註解 鮮紅的－只當形容詞

4288. somnolent (sleepy)

註解　想睡的－只當形容詞

4289. laggard (a lazy fellow)

註解　落伍的－只當形容詞

4290. destitute (lacking the necessities of life)

註解　缺乏的－只當形容詞

4291. mendicant (begging or asking for alms)

註解　乞丐－可當名詞和形容詞

4292. gaze (look long and hard)

註解　注視－可當名詞和動詞

4293. incendiary (easy to cause fire)

註解　引燃的－可當形容詞和名詞

4294. fowl (the bird which can be eaten)

註解　家禽－可當名詞和動詞

4295. mobile (capable of being moved easily)

註解　流動的－只當形容詞

4296. review (go over)

註解　回顧－可當動詞和名詞

4297. creed (beliefs)

註解　教條－只當名詞

4298. persuade (induce)

註解　說服－只當動詞

4299. discord (dissension)

註解　不一致－只當名詞

4300. coax (lull a baby to sleep)

註解　哄誘－只當動詞

4301. shabby (ragged clothes)

註解　破舊的－只當形容詞

4302. dillydally (to waste time; trifle)

註解　浪費時間－只當動詞

4303. lay off (terminate employment)

註解　臨時解僱－只當名詞

4304. unilateral (done by one side only)

註解　同樣的－只當形容詞

4305. unprincipled (unscrupulous)

註解　無原則的－只當形容詞

4306. rivalry (competition)

註解　競爭－只當名詞

4307. chop (cut with force of effort)

註解　砍，切－可當動詞和名詞

4308. trifle (a trivial matter)

註解　少量－可當名詞和動詞

4309. fever (high temperature of the body)

註解　發燒－可當名詞和動詞

4310. innocent (without wrong or guilt)

註解　無罪的－可當形容詞和名詞

4311. inspiration (influence that makes one try to do good and great things)

註解　激勵－只當名詞

4312. minim (the smallest)

註解　最小的－可當形容詞和名詞

4313. aback (toward the back)

註解　向後地－可當副詞和形容詞

4314. pavement (hard surface on the street)

註解　鋪道－只當名詞

4315. medius (the middle finger)

註解　中指－只當名詞

4316. fledgling (inexperienced or immature person)

註解　年輕無經驗的人－只當名詞，同 fledgeling

4317. scrutinize (examine closely)

註解　細查－只當動詞

4318. edict (a decree issued by a sovereign or other authority)

註解　佈告－只當名詞

4319. trumpet (a music instrument)

註解　小喇叭－可當名詞和動詞

4320. residence (home)

註解　住宅－只當名詞

4321. dwarfish (pygmy; tiny; runty)

註解　矮小的－只當形容詞

4322. purge (become cleanse or purified)

註解　清洗－可當動詞和名詞

4323. pristine (of or pertaining to the earliest period or state)
　　　註解　原始的－只當形容詞

4324. yell (a loud shout)
　　　註解　喊叫－可當動詞和名詞

4325. devotional (used in devotions)
　　　註解　獻身的－只當形容詞

4326. transpire (take place)
　　　註解　發生－只當動詞

4327. growl (utter a deep sound anger or hostility)
　　　註解　咆哮－可當動詞和名詞

4328. ruby (a precious red stone)
　　　註解　紅寶石－可當名詞和形容詞

4329. sentinel (one who watches and guards)
　　　註解　哨兵－只當名詞

4330. cursory (fast)
　　　註解　匆促的－只當形容詞

4331. capsize (to upset; to overturn)
　　　註解　傾覆－只當動詞

4332. vignette (a small, graceful literary sketch)
　　　註解　小品文－可當名詞和動詞

4333. implication (an indirect direction)
　　　註解　暗示－只當名詞

4334. smear (daub or cover with something greasy)
　　　註解　塗抹－可當動詞和名詞

4335. sultry (very hot)
　　　註解　悶熱的－只當形容詞

4336. mug (liquid measure)
　　　註解　杯子－可當名詞和動詞

4337. precarious (unsure; unsteady; unreliable)
　　　註解　不確定的－只當形容詞

4338. fabricate (build; erect)
　　　註解　建造－只當動詞

4339. ratio (proportion)

註解　比例－只當名詞

4340. insistence (demand)
　　　註解　堅持－只當名詞

4341. reinstate (to put back or establish)
　　　註解　恢復－只當動詞

4342. monotonously (unvaryingly)
　　　註解　單調地－只當副詞，原型為形容詞

4343. wanton (undisciplined)
　　　註解　放縱的－可當形容詞，動詞和名詞

4344. glamorous (fascinating and alluring)
　　　註解　迷人的－只當形容詞

4345. obesity (corpulence)
　　　註解　非常肥胖－只當名詞

4346. genital (of pertaining to or noting generation or the sexual organs)
　　　註解　生殖的－可當形容詞和名詞

4347. adore (love greatly)
　　　註解　尊敬－只當動詞

4348. hokum (nonsense; bunk)
　　　註解　無聊話－只當名詞

4349. haggle (quarrel)
　　　註解　爭吵－可當動詞和名詞

4350. designate (name or specify)
　　　註解　指名－可當動詞和形容詞

4351. scatter (throw about)
　　　註解　分散－可當動詞和名詞

4352. decency (propriety, modest behaviour)
　　　註解　端莊行為－只當名詞

4353. leisure (free time)
　　　註解　空閒－可當名詞和形容詞

4354. permissible (allowed)
　　　註解　可允許的－只當形容詞

4355. hobby horse (a pet idea or project; a figure of a horse)
　　　註解　木馬狀物－只當名詞

4356. manufacture (turn up)

註解　製造－可當動詞和名詞

4357. deter (dissuade; hinder; stop)

　　　註解　阻礙－只當動詞

4358. uncouth (rude and crucial in one＇s behaviour)

　　　註解　粗魯的－只當形容詞

4359. slot (a small narrow opening, as in a box)

　　　註解　細縫－可當名詞和動詞

4360. vanquish (subjugate; suppress; crush; quell)

　　　註解　征服－只當動詞

4361. morsel (a little bit of food)

　　　註解　一小片－只當名詞

4362. commend (praise someone)

　　　註解　稱讚－只當動詞

4363. mature (completely grown or developed)

　　　註解　成熟的－可當形容詞和動詞

4364. rectangle (a parallelogram having four right angles)

　　　註解　長方形－只當名詞

4365. conflagration (a destructive on fire)

　　　註解　大火－只當名詞

4366. friar (a member of a religious order)

　　　註解　修道士－只當名詞

4367. fairly (equitably)

　　　註解　公平地－只當副詞

4368. placate (appease one＇s anger)

　　　註解　安撫－只當動詞

4369. relaxant (a drug that relaxes)

　　　註解　緩和劑－可當名詞和形容詞

4370. elated (exultant)

　　　註解　高興的－只當形容詞

4371. junta (a body of men who combine secretly for political purposes)

　　　註解　秘密結黨－只當名詞，同 junto

4372. corpse (a dead body)

　　　註解　屍體－只當名詞

4373. hinge (a joint on which a door may turn or swing)

> **註解** 樞紐－可當名詞和動詞

4374. relic (something that has survived from the past)
> **註解** 遺跡－只當名詞

4375. destructive (subversive)
> **註解** 破壞的－只當形容詞

4376. rectitude (rightness of principle or practice)
> **註解** 正直－只當名詞

4377. minister (a person in charge of a church)
> **註解** 牧師－可當名詞和動詞

4378. cradle (a special bed)
> **註解** 搖籃－可當名詞和動詞

4379. ignoramus (an ignorant person)
> **註解** 無知的人－只當名詞

4380. amorous (loving; amatory)
> **註解** 多情的－只當形容詞

4381. crowd (throng)
> **註解** 群眾－可當名詞和動詞

4382. predacious (predatory; rapacious)
> **註解** 掠奪的－只當形容詞，同 predaceous

4383. arrogance (offensive pride)
> **註解** 自大－只當名詞

4384. subsequent to (after)
> **註解** 後來的－只當形容詞

4385. streetwalker (a prostitute who solicits on the streets)
> **註解** 路上行人，娼妓－只當名詞

4386. wan (extremely pale)
> **註解** 蒼白的－只當形容詞

4387. twist (extort)
> **註解** 扭曲－可當動詞和名詞

4388. untrammeled (free)
> **註解** 自由的－只當形容詞，同 untrammelled

4389. quandary (dilemma)
> **註解** 困窘－只當名詞

4390. meek (looking mild and patient)

|註解| 溫和的－只當形容詞

4391. feasance (the doing or performing of an act)
　　　　|註解| 義務之履行－只當名詞

4392. hurly-burly (commotion; uproar; tumult)
　　　　|註解| 騷擾－可當名詞，動詞和形容詞

4393. amort (spiritless; lifeless)
　　　　|註解| 沮喪的－只當形容詞

4394. carcass (dead body of an animal)
　　　　|註解| 動物屍體－只當名詞，同 carcase

4395. bough (a main branch of a tree)
　　　　|註解| 樹枝－只當名詞

4396. tragedy (wild emotion)
　　　　|註解| 悲劇－只當名詞

4397. notional (not real or actual)
　　　　|註解| 空想的－只當形容詞

4398. reckless (careless)
　　　　|註解| 鹵莽的－只當形容詞

4399. deficient (lacking)
　　　　|註解| 缺乏的－只當形容詞

4400. amorous (inclined or disposed to love)
　　　　|註解| 多情的－只當形容詞

4401. capitulate (to surrender unconditionally or on stipulated terms)
　　　　|註解| 有條件地投降－只當名詞

4402. fagot (bundle of sticks)
　　　　|註解| 一把木材－可當名詞和動詞，同 faggot

4403. approbate (approve officially)
　　　　|註解| 許可－只當動詞

4404. abscond (decamp; bolt)
　　　　|註解| 逃亡－只當動詞

4405. plumelet (a small plume)
　　　　|註解| 小羽毛－只當名詞

4406. deride (jeer)
　　　　|註解| 嘲笑－只當動詞

4407. jungles (land covered with dense growth of trees)

> **註解** 叢林－只當名詞

4408. vagabond (moving from place to place without a fixed abode)
> **註解** 流浪漢－可當名詞和形容詞

4409. twig (a small branch)
> **註解** 小枝－可當名詞和動詞

4410. befall (to happen or occur)
> **註解** 發生－只當動詞

4411. accentuate (emphasize)
> **註解** 強調－只當動詞

4412. furlough (vacation granted to an enlisted man)
> **註解** 休假，准假－可當名詞和動詞

4413. fragrant (sweet-smelling)
> **註解** 芳香的－只當形容詞

4414. mutant (undergoing mutation)
> **註解** 突變的－可當形容詞和名詞

4415. teetotum (any small top spun with the fingers)
> **註解** 手轉陀螺－只當名詞

4416. bombard (attack with bombs or shells)
> **註解** 砲轟－只當動詞

4417. transhumance (the seasonal migration of livestock, and the people)
> **註解** 家畜或人類季節性的遷移－只當名詞

4418. wade (walk through water)
> **註解** 涉水而過－可當動詞和名詞

4419. gush (emit a sudden flow)
> **註解** 湧出－可當動詞和名詞

4420. bleak (cold, bare and cheerless)
> **註解** 淒涼的－只當形容詞

4421. chaste (very pure)
> **註解** 純潔的－只當形容詞

4422. henceforth (from now on)
> **註解** 從今以後－只當副詞

4423. freckle (a small, brownish spot on the skin)
> **註解** 雀斑－可當名詞和動詞

4424. culpable (blameworthy)

註解　該受譴責的－只當形容詞

4425. jerk (pull or push sharply and abruptly)

　　　註解　急拉－可當動詞和名詞

4426. tacit (silent; unexpressed; unspoken; unsaid; implicit)

　　　註解　保持沉默的－只當形容詞

4427. hypostatize (to treat or regard idea as a distinct substance or reality)

　　　註解　使具體化－只當動詞

4428. aspire (to long, aim, or seek ambitiously)

　　　註解　熱望－只當動詞

4429. assent (agree)

　　　註解　同意－可當動詞和名詞

4430. depot (terminal; station)

　　　註解　車站，航空站－只當名詞

4431. doze (sleep lightly)

　　　註解　打盹－可當動詞和名詞

4432. repent (fell remorse or regret)

　　　註解　悔悟－只當動詞

4433. surf (the swell of the sea breaking upon a shore)

　　　註解　海浪－只當名詞

4434. forfeit (give up something)

　　　註解　放棄－只當動詞

4435. bequeath (give or leave a person's property by will)

　　　註解　遺贈－只當動詞

4436. artifice (subterfuge; deceit)

　　　註解　巧計，策略－只當名詞

4437. chaff (something no longer useful and essential)

　　　註解　廢物－可當名詞和動詞

4438. bay (a part of a lake extending into the land)

　　　註解　港灣－可當名詞，動詞和形容詞

4439. merging traffic (where the cars in one lane join another lane of traffic)

　　　註解　合併道路－只當名詞

4440. limited access (a highway where you cannot get on at every crossroad)

　　　註解　限制進入－只當名詞

4441. maximum (the most)

註解　最大量－可當名詞和形容詞

4442. violation (to break the law)
　　　註解　違背－只當名詞

4443. shoulder (the sides of the highway)
　　　註解　肩，路肩－可當名詞和動詞

4444. median (the land between the paved lanes of a divided highway)
　　　註解　中線道－可當名詞和形容詞

4445. no passing (you cannot go around or past another car)
　　　註解　禁止超越－只當名詞

4446. minimum (the least)
　　　註解　最小量－可當名詞和形容詞

4447. maintain (to keep repaired or keep at a certain speed)
　　　註解　供給，保持－只當動詞

4448. caution (be careful)
　　　註解　小心－可當名詞和動詞

4449. fringe benefits (extra payment above wages given by the management to workers)
　　　註解　額外救濟金－只當名詞

4450. insurance (protection against loss)
　　　註解　保險－只當名詞

4451. foreman (man in charge of a group of workers)
　　　註解　工頭－只當名詞

4452. grievance (a complaint about a condition thought to be unjust or bad)
　　　註解　苦境－只當名詞

4453. management (persons who own or run the business)
　　　註解　經營－只當名詞

4454. compensation (pay received when sick or injured and unable to work)
　　　註解　補償－只當名詞

4455. cleanliness (keeping clean)
　　　註解　清潔－只當名詞

4456. mental health (having to do with the mind)
　　　註解　心理的健康－只當名詞

4457. enrobe (to dress; attire)
　　　註解　穿華服－只當動詞

4458. register (having your name put on school records)

　　註解　註冊－可當動詞和名詞

4459. elegance (elegant quality)

　　註解　高雅－只當名詞

4460. curriculum (a school's course of study)

　　註解　課程－只當名詞

4461. instructor (person who teaches)

　　註解　教師－只當名詞

4462. certificate (proof that a person has completed a course)

　　註解　證書－可當名詞和動詞

4463. credit (units of study completed)

　　註解　學分－可當名詞和動詞

4464. vocational (having to do with a trade)

　　註解　職業－只當名詞

4465. courser (a dog for coursing)

　　註解　獵犬－只當名詞

4466. tuition (a charge for class instruction)

　　註解　學費－只當名詞

4467. discount (a reduction in the original price)

　　註解　折扣－可當名詞和動詞

4468. bargain (something sold at a lower price than usual)

　　註解　廉售－可當名詞和動詞

4469. prink (to deck or dress for show)

　　註解　盛裝－只當動詞

4470. apprise (give notice to applying a job, loan, etc.)

　　註解　通知－只當動詞，同 apprize

4471. creature (anything created, whether animate or inanimate)

　　註解　創造之物－只當名詞

4472. instancy (urgency; pressing nature)

　　註解　緊迫－只當名詞

4473. loan (a sum of money lent at interest)

　　註解　借款－可當名詞和動詞

4474. interest (a rate paid for the use of money borrowed)

　　註解　利息－可當名詞和動詞

4475. county (a division of a state)
> 註解　美國次於州的行政區域－只當名詞

4476. townsman (a native or inhabitant of town)
> 註解　同市居民－只當名詞

4477. colonize (to plant or establish a colony in; settle)
> 註解　殖民－只當動詞

4478. quarry (an animal or bird hunted or pursued)
> 註解　獵物－可當名詞和動詞

4479. seashore (land along the sea or ocean; coast)
> 註解　海岸－只當名詞

4480. coverage (the extent to which something is covered; reportage)
> 註解　範圍－只當名詞

4481. warrior (a man engaged or experienced in warfare; fighter)
> 註解　戰士－只當名詞

4482. incest (sexual intercourse between closely related person)
> 註解　亂倫，血族相姦－只當名詞

4483. hexapod (having six feet)
> 註解　六足昆蟲－可當名詞和形容詞

4484. deflect (to bend or turn aside; swerve)
> 註解　轉向－只當動詞

4485. delitescent (conceded; hidden; latent)
> 註解　隱藏的－只當形容詞

4486. shroff (to rest coins in order to separate the base from the genuine)
> 註解　鑑定－可當動詞和名詞

4487. category (any general or comprehensive division; heading)
> 註解　種類－只當名詞

4488. imprecate (curse; execrate; accurse)
> 註解　詛咒－只當動詞

4489. itemize (break down of)
> 註解　詳列－只當動詞

4490. diluent (serving to dilute)
> 註解　沖淡的－可當形容詞和名詞

4491. trashy (inferior in quality)
> 註解　無價值的－只當形容詞

4492. traverse (cross; inspect; hinder; counter; dispute)
　　　　註解　討論－可當動詞，形容詞，名詞和副詞

4493. stateswoman (a woman who is experienced in the art of government)
　　　　註解　女政治家－只當名詞

4494. statuary (a group or collection of statues)
　　　　註解　雕刻像－可當動詞，名詞和形容詞

4495. resemblance (similarity; analogy; similitude)
　　　　註解　相似之處－只當名詞

4496. orbicular (like a orb; rounded)
　　　　註解　圓形的－只當形容詞

4497. ignis fatuus (something deluding or misleading)
　　　　註解　不切實際的計劃－只當名詞，爲拉丁語

4498. foolhardy (impetuous; headlong; heedless)
　　　　註解　有勇無謀的－只當形容詞

4499. countenance (face; assistance; abet)
　　　　註解　面容，允許－可當名詞和動詞

4500. diversify (to give variety; variegate)
　　　　註解　變化－只當動詞

4501. diversified (distributed among or producing several types; varied)
　　　　註解　變化的－只當形容詞

4502. incense (anger; provoke)
　　　　註解　生氣－可當動詞和名詞

4503. court (to try to win the favor)
　　　　註解　乞求－可當動詞和名詞

4504. anarchy (a state of society without government or law)
　　　　註解　無政府－只當名詞

4505. accelerate (to initiate or precipitate; set off)
　　　　註解　加速進行－只當動詞

4506. intimidate (frighten; subdue; terrify)
　　　　註解　脅迫－只當動詞

4507. frazzle (to fray; to tire out)
　　　　註解　擦損－可當動詞和名詞

4508. thralldom (bondage; slavery; servitude)
　　　　註解　奴役－只當名詞，同 thraldom

4509. smoke-dry (to become dried by smoke)
　　　註解　燻乾－只當動詞

4510. dispossess (oust; banish)
　　　註解　剝奪－只當動詞

4511. itchy (having or causing an itching sensation)
　　　註解　渴望的，癢的－只當形容詞

4512. disciplinal (of pertaining to, or of the nature of discipline)
　　　註解　教訓的－只當形容詞

4513. merely (not more than; only)
　　　註解　只有－只當副詞

4514. overcurious (excessively inquisitive)
　　　註解　過度好奇的－只當形容詞

4515. meanly (in a poor, lowly, or humble manner)
　　　註解　卑賤地－只當副詞

4516. good-fellowship (a pleasant, convivial spirit; comradeship)
　　　註解　親睦－只當名詞

4517. consign (relegate; assign; confide)
　　　註解　交付－只當動詞

4518. occult (concealed; veiled; mystical)
　　　註解　玄奧的－可當形容詞，動詞和名詞

4519. recognize (to identify as something or someone; distinguish)
　　　註解　認知－只當動詞

4520. abiosis (the absence or lack of life)
　　　註解　無生命－只當名詞

4521. segregate (to separate or set apart from others)
　　　註解　隔離－可當動詞和形容詞

4522. permeate (to become diffused; penetrate)
　　　註解　滲透－只當動詞

4523. venom (something resembling or suggesting poison in its effect; acrimony)
　　　註解　毒物－只當名詞

4524. sternforemost (awkwardly; with difficulty)
　　　註解　倒退而笨拙地－只當副詞

4525. ignite (to set on fire; kindle)

> **註解** 生火－只當動詞

4526. sennight (a week)
> **註解** 一星期－只當名詞

4527. outrage (affront; insult; abuse)
> **註解** 迫害－可當名詞和動詞

4528. lucidly (clearing; limpidly)
> **註解** 明白地－只當副詞，原型爲形容詞

4529. salinity (something salty or saltlike; saltiness)
> **註解** 鹽分－只當名詞

4530. germicide (an agent for killing germs)
> **註解** 殺菌劑－只當名詞

4531. mimic (to imitate or copy; impersonate)
> **註解** 模倣－可當動詞，名詞和形容詞

4532. uncover (to lay bare; reveal)
> **註解** 揭露－只當動詞

4533. pusillanimity (timidity; cowardliness)
> **註解** 懦弱－只當名詞

4534. antagonistic (acting in opposition; hostile)
> **註解** 敵對的－只當形容詞

4535. haul (to pull or draw with force; drag)
> **註解** 拖拉－可當動詞和名詞

4536. lugubrious (sorrowful; melancholy)
> **註解** 悲傷的－只當形容詞

4537. domineer (to rule arbitrarily; tyrannize)
> **註解** 壓制－只當動詞

4538. tier (layer; level; stratum)
> **註解** 排，層－可當名詞和動詞

4539. primacy (state of being first in order, rank, etc.)
> **註解** 首位－只當名詞

4540. infinitude (an infinite extent, amount, or number)
> **註解** 無限數量範圍等等－只當名詞

4541. indwell (to inhabit)
> **註解** 住宿－只當動詞

4542. piecemeal (piece by piece; gradually)

註解 一件件地－可當副詞和形容詞

4543. evoke (to call up or produce)
   註解 喚起－只當動詞

4544. unequivocal (simple; direct; obvious; explicit)
   註解 簡單的，直接的－只當形容詞

4545. erupt (to cause to burst forth; explode)
   註解 噴出－只當動詞

4546. therefrom (from that place, thing, etc.)
   註解 從那裡－只當副詞

4547. discern (discover, descry, espy)
   註解 辨別－只當動詞

4548. subtilize (to elevate in character)
   註解 使高尚－只當動詞

4549. markedly (strikingly noticeable; substantially)
   註解 明顯地－只當副詞，原型爲形容詞

4550. swathe (to wrap up closely or fully)
   註解 綁緊－可當動詞和名詞

4551. taleteller (a person who tells false hoods)
   註解 長舌的人－只當名詞，同 talebearer

4552. up to (to the limit; as many as)
   註解 達到－只當副詞

4553. cobweb (a web spun by a spider)
   註解 蜘蛛網－可當名詞和動詞

4554. isocracy (a government in which all have equal political power)
   註解 平等參政權－只當名詞

4555. clinch (to secure a nail in position by beating down the protruding point)
   註解 釘牢－可當動詞和名詞

4556. handyman (a man hired to do various small jobs)
   註解 受僱做雜事的人－只當名詞

4557. tassie (tass)
   註解 小酒杯－只當名詞

4558. modulate (to regulate by or adjust to a certain measure or proportion; temper)
   註解 調整－只當動詞

4559. contango (a fee paid by a buyer in London)
　　　註解　倫敦交易延期費－只當名詞

4560. disappear (to cease to exist or be-known; pass away)
　　　註解　消失－只當動詞

4561. foehn (a warm, dry wind)
　　　註解　焚風－只當名詞

4562. indenture (a deed or agreement)
　　　註解　契約－可當名詞和動詞

4563. recondite (deep; mysterious; occult; secret)
　　　註解　深奧的－只當形容詞

4564. burrow (a hole or tunnel in the ground; den)
　　　註解　洞穴－可當名詞和動詞

4565. witless (stupid; foolish)
　　　註解　愚笨的－只當形容詞

4566. elsewhere (somewhere else; in another place)
　　　註解　在別處－只當副詞

4567. skyrocketed (becoming famous rapidly or suddenly; risen rapidly)
　　　註解　曇花一現的－只當形容詞，原型可當名詞和動詞

4568. dinky (of small size or importance)
　　　註解　微小不重要的－可當名詞和形容詞

4569. wholehearted (hearty; earnest)
　　　註解　熱烈的－只當形容詞

4570. shrug (to raise and contract the shoulders)
　　　註解　聳肩－可當動詞和名詞

4571. locality (a place, spot or district)
　　　註解　位置－只當名詞

4572. laudanum (a tincture of opium)
　　　註解　鴉片－只當名詞

4573. lodestar (a star that shows the way)
　　　註解　指示方向之星星－只當名詞，同 loadstar

4574. juvenescent (young; being or becoming youthful)
　　　註解　年輕的－只當形容詞

4575. sang-froid (self-possession; poise; self-control; steadiness)
　　　註解　鎮定－只當名詞，爲法國字

4576. gigolo (a man living off the earning or gifts of a woman)
　　　註解　吃軟飯之男人－只當名詞

4577. southwestward (facing or tending toward the southwest)
　　　註解　向西南的－可當名詞，形容詞和副詞

4578. congratulant (expressing or conveying congratulation)
　　　註解　祝賀的－可當形容詞和名詞

4579. taboo (to forbid; prohibit)
　　　註解　禁止－可當動詞和形容詞

4580. idolatrous (worshiping idols)
　　　註解　崇拜偶像的－只當形容詞

4581. flaxseed (the seed of flax, yielding linseed oil)
　　　註解　亞麻子－只當名詞

4582. emcee (to act as master of ceremonies for)
　　　註解　司儀－可當名詞和動詞

4583. loophole (a means of escape or evasion; way of evading rules)
　　　註解　逃生口－只當名詞

4584. frumenty (a dish of hulled wheat)
　　　註解　麥粥－只當名詞

4585. conscript (to draft for military or naval service)
　　　註解　徵入伍的－可當形容詞，名詞和動詞

4586. imbalance (state or condition of lacking balance)
　　　註解　不平均－只當名詞

4587. encounter (to come upon; confront)
　　　註解　偶遇－可當動詞和名詞

4588. flyleaf (a blank leaf in the front or the back of a book)
　　　註解　書前或書後之空白頁－只當名詞

4589. call off (cancel; cease)
　　　註解　取消－動詞片語

4590. unlike (different from; in contrast to)
　　　註解　不像－可當形容詞和介詞

4591. sourpuss (a person having a grouchy disposition)
　　　註解　不愉快之人－只當名詞

4592. interior (inside of anything; internal)
　　　註解　內部－可當名詞和形容詞

4593. emerge (to come into prominence; emanate)

    註解   出現－只當動詞

4594. faineant (doing nothing; idle; indolent)

    註解   不管事的－可當形容詞和名詞

4595. syringe (to cleanse, wash, inject, etc.)

    註解   灌洗－可當動詞和名詞

4596. jurisdiction (the right; power; authority)

    註解   司法權－只當名詞

4597. thelitis (inflammation of the nipple)

    註解   乳頭炎－只當名詞

4598. kickback (a response, usually vigorous; a rebate)

    註解   強烈反應，佣金－只當名詞

4599. inburst (irruption)

    註解   闖入－只當名詞

4600. derivation (something that is or has been derived; by-product)

    註解   誘導，起源－只當名詞

4601. breed (to produce; engender)

    註解   生育－可當動詞和名詞

4602. whiffle (to blow with light, shifting gusts)

    註解   輕吹－只當動詞

4603. vulnerary (a remedy for wounds)

    註解   外傷藥－可當名詞和形容詞

4604. solicitous (anxiously desirous)

    註解   焦慮的－只當形容詞

4605. wind up (to bring come to an end; conclude)

    註解   結束－只當動詞

4606. tenancy (the period of a tenant's occupancy)

    註解   租賃期限－只當名詞

4607. stately (majestic; magnificent)

    註解   莊嚴的－可當形容詞和副詞

4608. major (greater, as in size; sizable)

    註解   主要的－可當形容詞和名詞

4609. overpeople (to overpopulate)

    註解   過多人口－只當動詞

4610. overstrain (to strain; to excess)
　　　註解　使過度緊張－可當動詞和名詞

4611. modicum (a moderate or small quantity)
　　　註解　少量－只當名詞

4612. devour (to swallow or eat up hungrily)
　　　註解　狼吞－只當動詞

4613. radicle (small root)
　　　註解　幼根－只當名詞

4614. solidify (to make into a hard compact mass; assure)
　　　註解　使堅固－只當動詞

4615. tracheal (pertaining to or connected with the trachea)
　　　註解　氣管的－只當形容詞

4616. skew (to turn aside or swerve)
　　　註解　使不直－可當動詞，名詞和形容詞

4617. eminent (prominent; renowned)
　　　註解　聞名的－只當形容詞

4618. unipod (something that is formed with a single leg or foot)
　　　註解　單腳的－可當名詞和形容詞

4619. outmost (farthest out)
　　　註解　最遠的－只當形容詞

4620. suction (the act, process; condition of sucking)
　　　註解　吸力－可當名詞和形容詞

4621. distraught (distracted; deeply agitated)
　　　註解　精神不濟的－只當形容詞

4622. stunsail (studdingsail)
　　　註解　副帆－只當名詞，同 studding sail

4623. purfle (to finish with an ornamental border)
　　　註解　加邊修飾－可當動詞和名詞

4624. zonate (marked with a zone or zones, as of color, texture, or the like)
　　　註解　有帶痕的－只當形容詞

4625. subman (a man of very low mental or physical capacity)
　　　註解　智力低的人－只當名詞

4626. fresco (a picture or design so painted)
　　　註解　壁畫－可當名詞和動詞

4627. gibe (to utter mocking words; jeer)
　　　註解　嘲笑－可當動詞和名詞，同 jibe

4628. heartily (in a hearty manner; cordially)
　　　註解　誠懇地－只當副詞

4629. readjust (to adjust again or anew; rearrange)
　　　註解　再調整－只當動詞

4630. convertible (capable of being converted)
　　　註解　可改變的－可當形容詞和名詞

4631. even-handed (fair; impartial; equitable)
　　　註解　公正的－只當形容詞，同 evenhanded

4632. daredevil (recklessly daring person)
　　　註解　冒失鬼－可當名詞和形容詞

4633. sturdy (hardy; muscular; stout; resolute)
　　　註解　強壯的－可當形容詞和名詞

4634. stench (an offensive smell or odor; stink)
　　　註解　惡臭－只當名詞

4635. staccato (abruptly disconnected)
　　　註解　斷音的－可當形容詞和副詞

4636. retractile (exhibiting the power of retraction)
　　　註解　取消的－只當形容詞

4637. puissant (powerful; mighty; potent)
　　　註解　強而有力的－只當形容詞

4638. placebo (the vespers of the office for the dead)
　　　註解　為死者唱的晚禱歌－只當名詞

4639. braggart (boaster; big talker)
　　　註解　自誇者－只當名詞

4640. tokology (tocology)
　　　註解　產科學－只當名詞

4641. timorous (full of fear; cowardly)
　　　註解　膽怯的－只當形容詞

4642. willowy (pliant; lithe)
　　　註解　苗條的－只當形容詞

4643. gammon (bosh; nonsense)
　　　註解　胡說－可當動詞和名詞

4644. doughty (steadfastly courageous and resolute)

註解 勇敢的－只當形容詞

4645. many plaudits (any enthusiastic expression of approval; much acclaim)

註解 喝采－只當名詞，習慣上要用複數

4646. give out (to send out; emit)

註解 分發－動詞片語

4647. retinitis (inflammation of the retina)

註解 視網膜炎－只當名詞

4648. rinderpest (an acute, usually fatal, infectious disease of cattle, sheep, etc.)

註解 牛瘟－只當名詞

4649. infra (below)

註解 在下面－只當副詞

4650. prostitute (a person, usually a woman, who engages in sexual intercourse

for money)

註解 娼妓－可當名詞和動詞

4651. engorge (to swallow greedily)

註解 吞食－只當動詞

4652. liberality (breadth of mind)

註解 心胸寬大－只當名詞

4653. prettify (to make pretty)

註解 美化－只當動詞

4654. rejoinder (reply; response; riposte)

註解 回答－只當名詞

4655. splinter (sliver; separate; part; split)

註解 碎裂－可當名詞和形容詞

4656. playing second fiddle (a secondary role; taming a less important position

than)

註解 聽人指揮－現在分詞片語

4657. call to the colors (draft; select; enlist)

註解 選擇，徵召－動詞片語

4658. incarcerate (to imprison)

註解 監禁－可當動詞和形容詞

4659. doctrine (a particular principle, position, etc.; dogma)

註解 教條－只當名詞

4660. hit the ceiling (to lose control of one＇s temper; become enraged)

　　註解　　大發脾氣－動詞片語

4661. timid (lacking in self-assurance, courage; timorous)

　　註解　　膽小的－只當形容詞

4662. fraise (a defense consisting of pointed stakes projecting)

　　註解　　寨柵－只當名詞

4663. pictorial (vivid; striking; telling)

　　註解　　生動的－可當形容詞和名詞

4664. consume (to eat or drink up; devour)

　　註解　　消費－只當動詞

4665. relent (bend; yield)

　　註解　　變寬容－只當動詞

4666. fallacious (disappointing; delusive)

　　註解　　失望的－只當形容詞

4667. breathtaking (causing extreme pleasure, awe, or excitement)

　　註解　　驚人的－只當形容詞

4668. acrimonious (caustic, sting, or bitter in nature)

　　註解　　辛辣的－只當形容詞

4669. jealous (feeling resentment against a person because of his success; envious)

　　註解　　嫉妒的－只當形容詞

4670. hypocrite (a person who pretends to have moral or religious beliefs, principles, etc.; dissembler)

　　註解　　偽君子－只當名詞

4671. resurrect (to raise from the dead)

　　註解　　使復活－只當動詞

4672. tripos (any of various final honors examinations)

　　註解　　榮譽學位考試－只當名詞

4673. trite (lacking in freshness; hackneyed)

　　註解　　陳腐的，平凡的－只當形容詞

4674. acuity (sharpness; keenness)

　　註解　　尖銳－只當名詞

4675. insole (the inner sole of a shoe or boot)

　　註解　　鞋的軟墊－只當名詞

4676. insolent (boldly rude or disrespectful; contemptuous)
　　　　註解　粗野的－只當形容詞

4677. acrospire (the first sprout appearing in the germination of grain)
　　　　註解　幼芽－只當名詞

4678. demit (to resign; give up)
　　　　註解　辭職－只當動詞

4679. blarney (flattering or wheedling talk; cajolery)
　　　　註解　奉承話－可當名詞和動詞

4680. dell (a small valley)
　　　　註解　幽谷－只當名詞

4681. slum (a thickly populated, squalid part of a city, inhabited by the poorest people)
　　　　註解　貧民窟－可當名詞和動詞

4682. dastard (mean and cowardly)
　　　　註解　膽小的人－可當形容詞和名詞

4683. advocacy (support; assistance)
　　　　註解　辯護，支持－只當名詞

4684. reticulate (netted; covered with a network)
　　　　註解　網狀的－只當形容詞

4685. plod (pace; toil; moil; labor)
　　　　註解　緩步走，辛苦工作－可當動詞和名詞

4686. plight (bad situation; predicament)
　　　　註解　情勢－可當名詞和動詞

4687. tramontana (any north wind issuing from a mountains region)
　　　　註解　群山另邊的－可當形容詞和名詞，為義大利字，同 tramontane

4688. trample (to step heavily on; stamp)
　　　　註解　蹂躪－只當動詞

4689. impugn (attack; asperse; malign; criticize)
　　　　註解　指責－只當動詞

4690. erotic (of pertaining to, or treating of sexual love)
　　　　註解　性愛的－可當形容詞和名詞

4691. eradicate (to remove or destroy utterly; annihilate)
　　　　註解　根除－只當動詞

4692. benevolent (desiring to do good to others; philanthropic)
　　　 註解　慈善的－只當形容詞

4693. garish (showy; elaborate)
　　　 註解　炫耀的－只當形容詞

4694. gluten (glue or gluey substance)
　　　 註解　麵筋，麩質－只當名詞

4695. acid-fast (resistant to decolorizing by acidified alcohol after staining)
　　　 註解　不易被酸褪色的－只當形容詞

4696. scurrility (invective; abuse; vulgarity)
　　　 註解　下流－只當名詞

4697. panacea (a remedy for all disease or ills; cure-all)
　　　 註解　萬靈藥－只當名詞

4698. maunder (to talk in a rambling)
　　　 註解　嘮叨－只當動詞

4699. jejunum (the middle portion of the small intestine)
　　　 註解　小腸中段－只當名詞

4700. originate (to give origin or rise to; initiate)
　　　 註解　創始－只當動詞

4701. agrestic (rural; rustic)
　　　 註解　粗野的－只當形容詞

4702. agile (active; lively; spry)
　　　 註解　活潑的－只當形容詞

4703. pretentious (characterized by assumption of dignity or importance; pompous)
　　　 註解　虛偽的－只當形容詞

4704. make up a test (to take it again; retrieve)
　　　 註解　補救－動詞片語

4705. make up your face (to apply cosmetics; put on makeup)
　　　 註解　化粧－動詞片語

4706. make up an excuse (to invent a story; concoct)
　　　 註解　編造－動詞片語

4707. make up a population (to be a part of; constitute)
　　　 註解　構成－動詞片語

4708. make up after an argument (to become friends again; to become reconciled)

註解 握手言和－動詞片語

4709. kiss and make up (to bring into agreement or harmony; harmonize)

註解 調和，一致－動詞片語

4710. make out (to do; understand; succeed; grasp the idea of)

註解 做，了解－動詞片語

4711. make away with (to make off with; steal)

註解 偷，避免－動詞片語

4712. disoblige (to refuse or neglect to oblige)

註解 不施惠於人－只當動詞

4713. thoroughbred (a well-bred or thoroughly trained person)

註解 有教養的人－可當形容詞和名詞

4714. thoroughfare (a major road or highway; street)

註解 大道－只當名詞

4715. greengrocery (a shop of greengrocer)

註解 蔬果業－只當名詞

4716. nickname (to call by an incorrect or improper name)

註解 綽號，小名－可當名詞和動詞

4717. sheepish (like sheep, as in meekness, docility, etc.)

註解 怯懦如綿羊般的－只當形容詞

4718. toolholder (a devise for holding a tool or tools)

註解 工具之把柄－只當名詞

4719. tool (implement; instrument)

註解 工具－可當名詞和動詞

4720. conge (leave; taking; dismissal)

註解 免職，告別－只當名詞，為法國字

4721. confound (to perplex or amaze; bewilder)

註解 混淆－只當動詞

4722. opulence (abundance; affluence; luxury)

註解 財富－只當名詞，同 opulency

4723. dietary (a regulated allowance of food)

註解 飲食規則－可當名詞和形容詞

4724. stringendo (progressively quickening tempo)

註解 漸速的－只當形容詞，為義大利字

4725. filefish (a triggerfish)

　　註解　鈍魚－只當名詞

4726. fidelity (loyalty; faithfulness)

　　註解　忠誠－只當名詞

4727. steeplejack (a person who climbs steeples, towers, or the like, to build or repair them)

　　註解　爬高塔，煙囪等從事建築或修理之人－只當名詞

4728. divisive (forming or expressing division)

　　註解　分區的－只當形容詞

4729. emissive (serving to emit)

　　註解　放射的－只當形容詞

4730. convalescent (a convalescent person)

　　註解　恢復健康的人－可當名詞和形容詞

4731. construe (explain; interpret)

　　註解　分析－只當動詞

4732. elastic (resilient)

　　註解　有彈性的－可當形容詞和名詞

4733. pharos (any lighthouse or beacon to direct seaman)

　　註解　燈塔－只當名詞

4734. indecorous (indecent; improper; inappropriate)

　　註解　不雅的－只當形容詞

4735. remunerate (reimburse; requite; compensate)

　　註解　報酬－只當動詞

4736. restaurateur (the owner or manager of a restaurant)

　　註解　飯店主人－只當名詞，爲法國字

4737. tinker (an unskillful or clumsy worker; bungler)

　　註解　笨拙的工作者－可當名詞和動詞

4738. promontory (a high point of land or rock projecting into the sea or other water

beyond the line of coast)

　　註解　海岬－只當名詞

4739. bear out (confirm; support)

　　註解　證實－動詞片語

4740. outrun (to run faster or farther than)

註解　追過－只當動詞

4741. outright (downright or unqualified; undisguised)
註解　坦白的－可當形容詞和副詞

4742. renowned (celebrated; famous)
註解　著名的－只當形容詞

4743. mantua (a loose gown formerly worn by women)
註解　女用外套－只當名詞

4744. manual (of or pertaining to the hand or hands; physical)
註解　手冊－可當名詞和形容詞

4745. virility (the power of procreation)
註解　生殖能力－只當名詞

4746. bear up (withstand; persevere)
註解　鼓起勇氣－動詞片語

4747. be laid off (to have one's employment terminated; dismiss)
註解　被解僱－動詞片語

4748. outlandish (peculiar; queer; eccentric; remote)
註解　奇怪的－只當形容詞

4749. flubdub (pretentious nonsense or show; airs)
註解　胡言－可當名詞和形容詞

4750. mulberry (a tree of this genus, purple fruit)
註解　桑椹－只當名詞

4751. implore (crave; beg; solicit)
註解　哀求－只當動詞

4752. beat around the bush (quibble; hesitate)
註解　不直接地說－動詞片語

4753. be exposed to (to be in contact with; betray)
註解　被暴露－動詞片語

4754. mandatory (authoritatively ordered; obligatory)
註解　命令的－可當形容詞和名詞

4755. vinegary (sour; acid)
註解　酸的－只當形容詞

4756. ulterior (being beyond what is seen or avowed)
註解　不明顯的－只當形容詞

4757. standee (one who stands, as a spectator, or a passenger)

> **註解** 站立者－只當名詞

4758. lengthways (in the direction of the length)
> **註解** 縱長地的－可當形容詞和副詞，同 lengthwise

4759. passageway (a way for passing into, through, or out of something)
> **註解** 通路，出入口－只當名詞

4760. precipitant (hasty; rash)
> **註解** 倉促的－可當形容詞和名詞

4761. asseveration (act of asseverating)
> **註解** 斷言－只當名詞

4762. innuendo (an indirect intimation about a person or thing)
> **註解** 影射－只當名詞

4763. innumerable (incapable of being numbered or counted; numberless)
> **註解** 數不清的－只當形容詞

4764. acidulate (to sour)
> **註解** 使有酸味－只當動詞

4765. accomplice (a person who helps another in a crime or wrong doing; subordinate)
> **註解** 同謀者－只當名詞

4766. triweekly (every three weeks; three times a week)
> **註解** 一週三次的，三週一次的－可當形容詞，名詞和副詞

4767. triumph (to gain a victory; victorious)
> **註解** 大勝利－可當動詞和名詞

4768. precis (an abstract or summary)
> **註解** 摘要－可當動詞和名詞

4769. penetrate (to arrive at the truth or meaning of; fathom)
> **註解** 侵入，了解－只當動詞

4770. remittent (abating for a time or at intervals)
> **註解** 間歇性的－可當形容詞和名詞

4771. arts and crafts (decoration and craftsmanship)
> **註解** 工藝－只當名詞

4772. arc (any unbroken part of the circumference of a circle; curve)
> **註解** 弧度－可當名詞和動詞

4773. ingeminate (to repeat; reiterate)
> **註解** 反復－只當動詞

4774. bluster (to be loud, noisy, or swaggering)
　　　 註解　狂吹－可當動詞和名詞

4775. blurry (unclear; obscure)
　　　 註解　模糊的－只當形容詞，原型可當動詞和名詞

4776. animate (to give life to; vitalize)
　　　 註解　使有生命－可當動詞和名詞

4777. temblor (a tremor; earthquake)
　　　 註解　地震－只當名詞

4778. prognosticate (foretell; foresee; project)
　　　 註解　預測－只當動詞

4779. hinterland (the land lying behind a coast district)
　　　 註解　海岸後方之土地－只當名詞

4780. equate (to state the equality or between)
　　　 註解　使平等－只當動詞

4781. aciniform (clustered like grapes)
　　　 註解　葡萄狀的－只當形容詞

4782. sharp (witted; acute)
　　　 註解　敏捷的－只當形容詞

4783. indefeasible (not forfeitable)
　　　 註解　不能取消的－只當形容詞

4784. flibbertigibbet (a chattering or flighty, headed person, usually a woman)
　　　 註解　多話之人(通常指女人)－只當名詞

4785. mizzle (to disappear suddenly; to rain in fine drops)
　　　 註解　細雨，逃亡－可當名詞和動詞

4786. reimburse (recompense; redress; recoup)
　　　 註解　補償－只當動詞

4787. slaw (coleslaw)
　　　 註解　白菜或甘藍菜片－只當名詞

4788. suspend (to cause to cease or bring to a stop or stay; intermit)
　　　 註解　停止－只當動詞

4789. sleazy (thin or poor in texture; flimsy)
　　　 註解　質料不好的－只當形容詞

4790. overdye (to dye too long or too much)
　　　 註解　過度染色－只當動詞

4791. blindfold (rash, unthinking)
　　　註解　蒙眼，欺騙－可當動詞，形容詞和名詞

4792. impetuosity (an impetuous action)
　　　註解　猛烈－只當名詞

4793. amass (to gather for oneself)
　　　註解　積蓄－只當動詞

4794. auctioneer (one who conducts sales by auction)
　　　註解　拍賣人－只當名詞

4795. at the behest (at the request; directive)
　　　註解　吩咐－介詞片語

4796. carnage (butchery; massacre)
　　　註解　殘殺－只當名詞

4797. caricature (any imitation or copy so inferior as to be ludicrous; travesty)
　　　註解　諷刺描述－可當名詞和動詞

4798. stance (posture; attitude; placement)
　　　註解　立場－只當名詞

4799. scrouge (to squeeze; crowd)
　　　註解　擠壓－只當動詞

4800. scrutinize (to examine in detail with careful or critical attention; investigate)
　　　註解　詳查－只當動詞

4801. calumnious (slanderous; defamatory)
　　　註解　中傷的－只當形容詞

4802. faculty (capacity; aptitude; knack)
　　　註解　能力－只當名詞

4803. denature (to deprive something of its nature character)
　　　註解　除去原來之特性－只當動詞

4804. personify (to personate)
　　　註解　擬為人－只當動詞

4805. beneficent (doing good or causing good to be done)
　　　註解　親切的－只當形容詞

4806. chatty (conversational)
　　　註解　健談的－只當形容詞

4807. interminable (unending)

註解　無終止的－只當形容詞

4808. pronto (promptly; quickly)
　　　註解　立即地－只當副詞

4809. uprouse (to rouse up; arouse; awake)
　　　註解　招惹－只當動詞

4810. subfuscous (slightly dark, dusky, or somber)
　　　註解　稍暗的－只當形容詞

4811. ragamuffin (a ragged disreputable person)
　　　註解　衣衫破爛之人－只當名詞

4812. rage (to act or speak with fury; fume)
　　　註解　憤怒－可當名詞和動詞

4813. implead (to sue in a court of law)
　　　註解　控訴－只當動詞

4814. irrespirable (unfit for breathing)
　　　註解　不適宜呼吸的－只當形容詞

4815. irrelevant (not applicable or pertinent; alien)
　　　註解　不相關的－只當形容詞

4816. elucidate (explicate; clarify)
　　　註解　說明－只當動詞

4817. elude (to avoid or escape by speed, trickery, cleverness, etc.; dodge)
　　　註解　規避－只當動詞

4818. windbag (an empty, voluble, pretentious talker)
　　　註解　滿口空話之人－只當名詞

4819. caress (to touch or pat gently to show affection; fondle)
　　　註解　撫摸－可當動詞和名詞

4820. obturate (to stop up; close)
　　　註解　關閉－只當動詞

4821. octagonal (having eight angles and eight sides; eight sided)
　　　註解　有八邊的－只當形容詞

4822. slobber (slaver; drivel)
　　　註解　流口水－可當動詞和名詞

4823. slither (to move like a snake; slide)
　　　註解　滑行－可當動詞和名詞

4824. vapid (lifeless; flavorless; spiritless)

> **註解** 平淡無味的－只當形容詞

4825. lavatory (a room fitted with equipment for washing the hands and face; toilet)
> **註解** 廁所－只當名詞

4826. usher (to show; lead)
> **註解** 引導－可當動詞和名詞

4827. allow for (take into account)
> **註解** 考慮，原諒－動詞片語

4828. brush up (review)
> **註解** 溫習－動詞片語

4829. compass (circumference)
> **註解** 周圍－可當名詞和動詞

4830. defenseless (open)
> **註解** 不設防的－只當形容詞

4831. fancier (a person having a liking for or interest in something)
> **註解** 玩賞家－只當名詞

4832. fanaticism (intolerance; superstition)
> **註解** 盲從－只當名詞

4833. grapevine (creeper; trailer)
> **註解** 葡萄藤，謠言－只當名詞

4834. husbandman (planter; forester)
> **註解** 農夫－只當名詞

4835. ignominious (nasty; vile)
> **註解** 可恥的－只當形容詞

4836. join up (come forward)
> **註解** 從軍－動詞片語

4837. knock oneself out (slave; do one's utmost)
> **註解** 擊倒－動詞片語

4838. light-footed (thievish; stealthy)
> **註解** 敏捷的－只當形容詞

4839. nonce (the present, or immediate, occasion or purpose)
> **註解** 特殊之時間－只當名詞

4840. nonchalant (insouciant; cold)
> **註解** 冷漠的－只當形容詞

4841. outbuilding (outhouse; storehouse)
  註解 附屬建物－只當名詞

4842. parlous (risky; perilous)
  註解 危險的－可當形容詞和副詞

4843. quotient (outcome; remainder)
  註解 數學商數，結果－只當名詞

4844. rain or shine (fated; sure)
  註解 不論下雨或晴天，宿命的－名詞片語

4845. splutter (stutter; gabble)
  註解 急促說話－可當動詞和名詞

4846. touchstone (standard; test)
  註解 試金石－只當名詞

4847. unbound (loose; unwrapped)
  註解 獲釋的－只當形容詞

4848. vacuous (empty; stupid)
  註解 空虛拙笨的－只當形容詞

4849. waistcoat (jacket; weskit)
  註解 背心－只當名詞

4850. xylophone (carillon; vibraphone)
  註解 木琴－只當名詞

4851. yegg (felon; outlaw)
  註解 罪犯－只當名詞

4852. zoom (speed; rush)
  註解 上昇－可當動詞和名詞

4853. abomination (anathema; houor)
  註解 憎惡－只當名詞

4854. backfire (go awry; come to naught)
  註解 逆火，反效果－可當名詞和動詞

4855. chortle (chuckle; laugh)
  註解 咯咯笑－可當動詞和名詞

4856. demagogue (agitator; fomenter)
  註解 煽動者－只當名詞，同 demagog

4857. factorage (the allowance or commission paid to a factor)
  註解 代理商之佣金－只當名詞

4858. facetious (funny; amusing)
註解　開玩笑的－只當形容詞

4859. gripe (bellyache; colic)
註解　腹痛－可當名詞和動詞

4860. hackneyed (routine; vapid)
註解　陳腐的－只當形容詞

4861. impetus (spur; impulse)
註解　推動力－只當名詞

4862. jiggle (joggle; twitch)
註解　輕搖－可當動詞和名詞

4863. keg (drum; vat)
註解　小桶－只當名詞

4864. lackadaisical (mindless; lifeless)
註解　沒精神的－只當形容詞

4865. nebula (a cloudlike, luminous or dark mass)
註解　星雲－只當名詞

4866. nebulous (hazy; dark)
註解　模糊的－只當形容詞

4867. quantum (a particular amount)
註解　定量－只當名詞

4868. qualm (scruple; compunction)
註解　不安－只當名詞

4869. ragamuffin (urchin; hoyden)
註解　衣衫襤褸之人－只當名詞

4870. shenanigans (horseplay; capers)
註解　陰謀詭計－只當名詞，常用複數型

4871. titillate (excite; tease)
註解　刺激－只當動詞

4872. upshot (outcome; offshoot)
註解　結果－只當名詞

4873. vagrancy (mental wandering; regrancy)
註解　流浪者－只當名詞

4874. willy-nilly (whether or no; helplessly)
註解　不管怎樣－可當副詞和形容詞

4875. zebrula (the offspring of a female horse and male zebra)
　　註解　一般母馬與雄斑馬交配所生之雜種馬－只當名詞

4876. aright (rightly; correctly)
　　註解　正確地－只當副詞

4877. arable (farmable; fecund)
　　註解　可耕種的－可當形容詞和名詞

4878. boisterous (clamorous; loud)
　　註解　喧鬧的－只當形容詞

4879. cling (stick; cleave)
　　註解　堅持－可當動詞和名詞

4880. extravagant (expensive; overpriced)
　　註解　浪費的－只當形容詞

4881. down-to-earth (hardheaded; matter-of-fact)
　　註解　實際上的－只當形容詞

4882. fetter (bond; tether)
　　註解　囚禁－可當動詞和名詞

4883. grimace (face; make a face)
　　註解　做鬼臉－可當動詞和名詞

4884. hurrah (good; shout of joy)
　　註解　歡呼－可當名詞，動詞和感嘆詞

4885. inconclusive (unresolved; up in the air)
　　註解　不確定的－只當形容詞

4886. jibe (agree; fit)
　　註解　同意－可當動詞和名詞

4887. juncture (point of time; moment)
　　註解　在此時刻－只當名詞

4888. matriculate (enroll; sign up)
　　註解　註冊入學－可當動詞和名詞

4889. rationalize (account for; excuse)
　　註解　找藉口－只當動詞

4890. shortcoming (defect; foible)
　　註解　缺點－只當名詞

4891. uppermost (loftiest; major)
　　註解　最主要的－可當形容詞和副詞

4892. coaly (containing coal)
　　　註解　含煤的－只當形容詞

4893. coalesce (blend; combine)
　　　註解　聯合－只當動詞

4894. elongate (prolong; extend)
　　　註解　延長－可當動詞和形容詞

4895. mitigation (alleviation; reduction)
　　　註解　減輕－只當名詞

4896. sequester (separate; set off)
　　　註解　分離－只當動詞

4897. temptation (lure; bait)
　　　註解　引誘－只當名詞

4898. acrimony (rancor; scorn)
　　　註解　刻薄－只當名詞

4899. evaporate (dry up; fade away)
　　　註解　蒸發－只當動詞

4900. lenity (the quality or state of being mild or gentle)
　　　註解　慈厚之行為－只當名詞

4901. lenient (kind; gentle)
　　　註解　慈悲的－只當形容詞

4902. nymph (female nature spirit; belle)
　　　註解　女神－只當名詞

4903. sulcus (a furrow or groove)
　　　註解　溝槽－只當名詞

4904. sultry (warm and damp; muggy)
　　　註解　悶熱的－只當形容詞

4905. unrepentant (not contrite; unashamed)
　　　註解　無悔改的－只當形容詞

4906. traitor (turncoat; rebel)
　　　註解　叛徒－只當名詞

4907. abyss (a deep immeasurable space, gulf, or cavity)
　　　註解　深淵－只當名詞

4908. acumen (keenness; smartness)
　　　註解　聰明－只當名詞

4909. isthmus (the narrow fleshy area between the sides of the lower jaw of a fish)
   註解　峽部－只當名詞

4910. itinerant (wandering; homeless)
   註解　巡迴的－可當形容詞和名詞

4911. moderate (average; medium)
   註解　中等的－可當形容詞，動詞和名詞

4912. rim (edge; brim)
   註解　邊緣－可當名詞和動詞

4913. tommyrot (nonsense; bosh)
   註解　胡說－只當名詞

4914. accentuate (stress; accent)
   註解　強調－只當動詞

4915. balm (solace; salve)
   註解　安慰－只當名詞

4916. dependent (inferior; retired person)
   註解　依賴的－可當形容詞和名詞

4917. munificent (open-handed; benevolent)
   註解　寬厚的－只當形容詞

4918. skin diving (underwater swimming)
   註解　潛水－只當名詞

4919. weather-beaten (decayed; battered)
   註解　經過風吹雨打的－只當形容詞

4920. auger (bit; twist drill)
   註解　鑽子－只當名詞

4921. compeer (consort; companion)
   註解　夥伴－只當名詞

4922. in escrow (held; bonded)
   註解　抵押的－介詞片語

4923. overzealous (overeager; bossy)
   註解　過度熱心的－只當形容詞

4924. set upon (assail; fall upon)
   註解　進攻－動詞片語

4925. the genuine article (all; the goods)

> **註解** 全部物品－名詞片語

4926. upside-down (bottom-side up)
> **註解** 顛倒的－只當形容詞

4927. wrongheaded (stubborn; biased)
> **註解** 頑固的－只當形容詞

4928. write up (press report record)
> **註解** 報導－可當名詞和動詞

4929. ail (bother; upset; make ill)
> **註解** 苦惱－只當動詞

4930. ailment (disorder; malady)
> **註解** 疾病－只當名詞

4931. blatant (obvious; conspicuous)
> **註解** 非常顯著的－只當形容詞

4932. decamp (depart from camp; depart suddenly)
> **註解** 離營－只當動詞

4933. insignia (emblem; badge)
> **註解** 勳章－只當名詞

4934. misnomer (unsuitable term; misusage)
> **註解** 名詞誤用－只當名詞

4935. scrap (small piece; fight; rubhard)
> **註解** 碎片－可當名詞，動詞和形容詞

4936. thorn (sharp spine; torment)
> **註解** 刺－只當名詞

4937. untrustworthy (unreliable; questionable)
> **註解** 不可靠的－只當形容詞

4938. allege (affirm; assert)
> **註解** 堅信－只當動詞

4939. allay (put to rest; mitigate)
> **註解** 使緩和－只當動詞

4940. dumbbell (a stupid person)
> **註解** 笨人，啞鈴－只當名詞

4941. dumbfound (stun; amaze)
> **註解** 使人害怕－只當動詞，同 dumfound

4942. defeat (astonish; over-come)

註解　擊倒－只當動詞

4943. malpractice (professional negligence)
　　　註解　不當療法－只當名詞

4944. seasick (qualmish; vomitous)
　　　註解　暈船的－只當形容詞

4945. telepathy (sixth sense; second sight)
　　　註解　精神感應－只當名詞

4946. thievish (thieving; light-fingered)
　　　註解　偷竊的－只當形容詞

4947. accountant (CPA; bookkeeper)
　　　註解　會計員－只當名詞

4948. nightgown (gown; nightdress)
　　　註解　睡衣－只當名詞

4949. orgy (wild revelry; wassail)
　　　註解　狂歡作樂－只當名詞

4950. album (stamp book; notebook)
　　　註解　相片，郵票簿之類－只當名詞

4951. belittle (lower; disparage)
　　　註解　輕視－只當動詞

4952. farina (starch; cereal)
　　　註解　澱粉類－只當名詞

4953. heirloom (legacy; antique)
　　　註解　傳家寶－只當名詞

4954. wildcat (illegal; unsafe)
　　　註解　不安全的－可當形容詞和名詞

4955. aversion (dislike; abhorrence)
　　　註解　討厭－只當名詞

4956. artless (free from deceit)
　　　註解　笨拙的－只當形容詞

4957. array (design; fulldress)
　　　註解　盛裝－可當動詞和名詞

4958. dramatize (exact; give color to)
　　　註解　使戲劇化－只當動詞

4959. nouveau riche (parvenu; newly-rich)

註解　暴發戶－只當名詞，爲法國字

4960. run amok (go crazy; break down)
　　　註解　狂亂－動詞片語

4961. vagarious (erratic; capricious)
　　　註解　奇怪的－只當形容詞

4962. take in good part (stand; tolerate)
　　　註解　忍受－動詞片語

4963. amount to (reach; come to)
　　　註解　等於－動詞片語

4964. by the same token (similarly; likewise)
　　　註解　此外－介詞片語

4965. geminate (coupled; binate)
　　　註解　成雙的－可當形容詞和動詞

4966. noisome (baneful; unwholesome)
　　　註解　有害的－只當形容詞

4967. teakettle (teapot; tea urn)
　　　註解　水壺－只當名詞

4968. watchtower (fire tower; lighthouse)
　　　註解　瞭望台－只當名詞

4969. audit (check; adjustment)
　　　註解　檢查－可當動詞和名詞

4970. bud (shoot; germ)
　　　註解　發芽－可當名詞和動詞

4971. dip into (take; get)
　　　註解　預想－動詞片語

4972. henpeck (bully; intimidate)
　　　註解　佔上風－只當動詞

4973. own up (be honest; admit error)
　　　註解　爽快承認－動詞片語

4974. packhorse (nag; transportation)
　　　註解　駄馬運輸－只當名詞

4975. uppish (arrogant; presumptuous)
　　　註解　傲慢的－只當形容詞，同 uppity

4976. upshot (conclusion; end)

註解　結果－只當名詞

4977. apprehension (foreboding; seizure)
　　　　註解　憂慮－只當名詞

4978. bona fide (actual; in good faith)
　　　　註解　真誠地－可當形容詞和副詞，爲拉丁文

4979. consonance (concord; harmony; correspondence)
　　　　註解　協調－只當名詞

4980. consolidate (unite; bring together)
　　　　註解　聯合－只當動詞

4981. dispensable (unnecessary; nonvital)
　　　　註解　不重要－只當形容詞

4982. frustration (defeat; failure)
　　　　註解　挫敗－只當名詞

4983. ill-advised (imprudent; unwise)
　　　　註解　愚笨的－只當形容詞

4984. ill-at-ease (nervous; self-conscious)
　　　　註解　不太舒服的－只當形容詞

4985. stringy (sinewy or wiry, as a person)
　　　　註解　強健的－只當形容詞

4986. supplejack (a strong, pliant cane or walking stick)
　　　　註解　熊柳木所做的堅硬手杖－只當名詞

4987. supple (pliant; plastic; lissome)
　　　　註解　柔軟的－可當形容詞和動詞

4988. tommyrot (nonsense; balderdash)
　　　　註解　胡說－只當名詞

4989. accelerator (one who or that which accelerates)
　　　　註解　加速之物－只當名詞

4990. accede (consent to; agree to)
　　　　註解　同意－只當動詞

4991. aver (declare; emphasize)
　　　　註解　強調－只當動詞

4992. discomfiture (defeat in battle; rout)
　　　　註解　挫敗－只當名詞

4993. dissuade (persuade not to; urge not to)

註解　勸阻－只當動詞

4994. grotesque (distorted; odd; rococo)

　　　　註解　古怪的－可當形容詞和名詞

4995. procurable (obtainable)

　　　　註解　可獲得的－只當形容詞

4996. procrastinate (delay; play for time)

　　　　註解　拖延－只當動詞

4997. pygmy (midget)

　　　　註解　侏儒－可當名詞和形容詞

4998. subtenant (one who rents land, a house, or the like from a tenant)

　　　　註解　二房東或次佃農－只當名詞

4999. subtle (understated; delicate)

　　　　註解　精美的－只當形容詞

5000. thaw (warm up; melting)

　　　　註解　溶解－可當動詞和名詞

附錄：從相似字或字的意義去認識字

字根

A. 如果一個字的字根爲<u>scrib</u> 和 <u>script</u> 就表示<u>書寫</u>之意.

1. inscribe   to writ something; to mark something
   註解 刻記－只當動詞

2. prescription------------written direction
   註解 藥方，指令－只當名詞

3. ascribe   to hand over
   註解 歸屬於－只當動詞

4. scribe   professional copyist or writer
   註解 抄寫員，作家－可當名詞和動詞

5. transcribeto make a written copy
   註解 抄寫－只當動詞

6. proscribe to write down a restriction or prohibition
   註解 禁止－只當動詞

7. describe to give an account of in words
   註解 描寫－只當動詞

B. 如果一個字的字根爲<u>ten</u>，<u>tin</u>，<u>tent</u> 和 <u>tain</u> 就表示<u>把持</u>或<u>包括</u>之意.

1. tenure   the right of holding land or a job
   註解 保有權－只當名詞

2. tenacious tending to hold fast
   註解 抓住不放的－只當形容詞

3. tentacle   something which grasps and holds
   註解 觸角或觸鬚之類－只當名詞

4. detained held back
   註解 留住－只當動詞

5.   continent something that serves as a container or boundary
   [註解] 大陸，洲－可當名詞和形容詞

6.   content   something that is contained
   [註解] 內容物－可當名詞，動詞和形容詞

7.   retain   to continue to hold or have
   [註解] 保留－只當動詞

C. 如果一個字的字根為 <u>sequ</u> 和 <u>secut</u> 就表示<u>接著</u>或<u>後續的</u>之意.

1.   sequence the order in which things or events follow one another
   [註解] 順序－只當名詞

2.   sequel   following development
   [註解] 結局－只當名詞

3.   sequential-------------- having one thing following another
   [註解] 連續的－只當形容詞

4.   consecutive------------ following in regular or unbroken order
   [註解] 繼續不斷的－只當形容詞

D. 如果一個字的字根為 <u>syn</u>，<u>sym</u>，<u>sys</u> 和 <u>syl</u> 就表示<u>集合</u>或<u>偕同</u>之意.

1.   synonym a word with the same meaning as another word
   [註解] 同義字－只當名詞

2.   symphony--------------a piece of music for a large group of
   instruments
   [註解] 交響樂－只當名詞

3.   system   a group of related parts working together
   [註解] 系統－只當名詞

4.   syllogism argument; dialectic; prologism
   [註解] 演繹法，巧妙理論－只當名詞

5.   syncretize-------------- to bring together
   [註解] 融合－只當動詞

6.   synchronize------------to set so that they run together
   [註解] 同時發生－只當動詞

7.   sympathy ability to feel with others

> **註解** 同情－只當名詞

8. synthesis the combining of parts
> **註解** 綜合－只當名詞

E. 如果一個字的字根為 <u>cap</u>，<u>cep</u> 和 <u>cip</u> 就表示<u>拿取</u>之意.

1. capture to take a prisoner
> **註解** 捕捉－可當動詞和名詞

2. deception act of deceiving
> **註解** 欺騙－只當名詞

3. intercept to stop and seize
> **註解** 攔截－可當動詞和名詞

4. incipient at an early stage
> **註解** 初期的－只當形容詞

5. capacious able to hold much
> **註解** 寬容大量的－只當形容詞

F. 如果一個字的字根為 <u>pon</u>，<u>pose</u> 和 <u>posit</u> 就表示<u>發出</u>或<u>放置</u>之意.

1. opponent a person who takes the opposite side
> **註解** 對手－只當名詞

2. impose to establish officially
> **註解** 課稅之類－只當動詞

3. deposit to put down
> **註解** 存入－可當動詞和名詞

4. indisposed------------- not liking to be put in that position
> **註解** 不適合的－只當形容詞

5. repository-------------- place for safekeeping
> **註解** 貯藏所－只當名詞

G. 如果一個字的字根為 <u>plic</u> 和 <u>pli</u> 就表示<u>摺疊</u>之意.

1. complicated----------- difficult to understand or deal with
> **註解** 複雜的－只當形容詞

2. implicate to fold in; to involve

註解   牽連—只當動詞

3.   pliant   flexible
註解   容易彎曲的—只當形容詞

4.   explicit   folded out; obvious
註解   明確的—只當形容詞

H. 如果一個字的字根為dict 就表示說話，評論或講出之意.

1.   contradiction---------- a statement, action, or fact that contradicts
註解   反駁—只當名詞

2.   dictator   one who has complete say in the country
註解   獨裁者—只當名詞

3.   diction   choice of words
註解   措辭—只當名詞

4.   benediction------------ spoken blessing
註解   祝福—只當名詞

I. 如果一個字的字根為sta，stat，sist 和 sti 就表示站立之意.

1.   instance   example; case
註解   例子—可當名詞和動詞

2.   status   position in law or in relation to others
註解   身份—只當名詞

3.   resist   to oppose; stand or fight against
註解   對抗—只當動詞

4.   substitute a person or thing acting in place of another
註解   代替者—可當名詞，動詞和形容詞

5.   consistent-------------- keeping to the same principles, line of
reasoning, or course of action
註解   前後一致的—只當形容詞

J. 如果一個字的字根為duct，duce 和 ducat 就表示引領之意.

1.   induction the act or ceremony introducing a person to a new job,
organization, etc.
註解   介紹—只當名詞

2.   reduce   to make smaller, cheaper, etc.
　　 註解　 減少－只當動詞

3.   educate   to teach, train the character or mind of
　　 註解　 教育－只當動詞

4.   conduct   to lead
　　 註解　 處理－可當名詞和動詞

5.   viaduct   bridge leading from one side to another
　　 註解　 陸橋－只當名詞

K. 如果一個字的字根為 <u>mit</u>，<u>mitt</u> 和 <u>miss</u> 就表示<u>寄出或投出</u>之意.

1.   transmit   to send out
　　 註解　 傳送－只當動詞

2.   intermittent------------ happing with pauses in between
　　 註解　 繼繼續續的－只當形容詞

3.   transmission----------- something broadcast by television or radio
　　 註解　 傳播－只當名詞

4.   committee------------- group sent to work together on a task
　　 註解　 委員會－只當名詞

L. 如果一個字的字根為<u>tend</u>，<u>tent</u> 和 <u>tens</u> 就表示<u>伸縮</u>之意.

1.   tendency a natural likelihood
　　 註解　 傾向－只當名詞

2.   extent   the length or area to which something extends
　　 註解　 伸展－只當動詞

3.   tension   the degree of tightness of a wire, rope, etc.
　　 註解　 拉緊－只當名詞

4.   tendon   stretching connective tissue
　　 註解　 筋腱－只當名詞

M. 如果一個字的字根為<u>hydr</u> 和 <u>hydro</u> 就表示<u>有關水</u>之意.

1.   hydrant   a water pipe in the street from which one may draw water
　　 for putting out a fire

註解　消防栓－只當名詞

2.　hydroelectric---------- conserving or producing electricity by the power of falling water

註解　水力發電的－只當形容詞

3.　hydrophobia----------- fear of water

註解　恐水症－只當名詞

4.　hydrotherapy---------- water therapy

註解　水療法－只當名詞

N. 如果一個字的字根爲 cide and cis 就表示砍斷或切割之意.

1.　decide　to make a choice or judgment

註解　決定－只當動詞

2.　incision　the act of cutting or a cut into something, done with a special tool for a special reason

註解　切割－只當名詞

3.　incise　to cut into

註解　切開－只當動詞

4.　genocide the killing of a whole group

註解　種族滅絕－只當名詞

5.　regicide　killing of the king

註解　弑君－只當名詞

O. 如果一個字的字根爲 tract 就表拉，拖或扯之意.

1.　tractor　a motor vehicle used for pulling farm machinery or other heavy objects

註解　牽引機－只當名詞

2.　attract　draw by appeal

註解　吸引－只當動詞

P. 如果一個字的字根爲 spec，spic 和 spect 就表示看見之意.

1.　specimen a single typical thing or example

註解　樣品－可當名詞和形容詞

2. auspicious----------- giving, promising, or showing signs of future success

    註解　吉祥的－只當形容詞

3. spectator a person who watches an event or sport without taking part

    註解　旁觀者－只當名詞

4. respected looked up to

    註解　尊重－只當動詞

Q. 如果一個字的字根為 <u>fac</u>，<u>fact</u>，<u>fect</u>，<u>fit</u>，<u>fash</u> 和 <u>fic</u> 就表示做，<u>製造之意</u>.

1. facile　easily done or obtained

    註解　易得的－只當形容詞

2. manufacture---------- to make or produce by machinery

    註解　製造－可當動詞和名詞

3. perfect　to make perfect

    註解　使完美－可當動詞，名詞和形容詞

4. benefit　to be useful, profitable, or helpful to

    註解　利益－可當名詞和動詞

5. fashion　to shape or make, usually with one's hands

    註解　做成某形狀－可當名詞和動詞

6. efficacious------------ producing the desired effect

    註解　有效的－只當形容詞

7. factory　place where things are made

    註解　工廠－只當名詞

8. malefactor------------ evil doer

    註解　作惡者－只當名詞

R. 如果一個字的字根為<u>port</u>就表示涉及或<u>運送</u>之意.

1. transport to carry, move or covey from one place to another

    註解　運輸－可當動詞和名詞

2. portable　carriable

    註解　可攜帶的－只當形容詞

3. import   to carry in

   註解   進口—可當動詞和名詞

4. report   to carry back

   註解   報告—可當名詞和動詞

S. 如果一個字的字根為<u>fer</u> 就表示<u>採納</u>，<u>忍受</u>或<u>退讓</u>之意.

1. refer   to refer to; to send to

   註解   提及—只當動詞

2. proffer   to carry forward; to present

   註解   提供—可當動詞和名詞

3. suffer   to have to bear up under

   註解   遭受—只當動詞

字首

A. 如果一個字的字首為<u>com</u> 和 <u>con</u> 就表示<u>共同</u>或<u>結合</u>之意.

1. combine   to unite; to join

   註解   聯合—可當動詞和名詞

2. committee------------- an appointed group

   註解   委員會—只當名詞

3. communicate---------- to make known

   註解   傳達—只當動詞

4. companion------------- an associate

   註解   同伴—可當名詞和動詞

5. comparison------------ act of comparing

   註解   比較—可當名詞和動詞

6. compile   to bring together

        編輯—只當動詞

7. complicate------------- to make difficult

   註解   使複雜—只當動詞

8.　compose　to put together
　　註解　組成－只當動詞

9.　comprehensive-------- including much
　　註解　廣泛的－只當形容詞

10.　comrade　a mate; a companion
　　註解　同伴－只當名詞

11.　conciliate to draw together
　　註解　修好－只當動詞

12.　condense to make closer together
　　註解　壓縮－只當動詞

13.　condolence------------ an expression of sympathy
　　註解　哀悼－只當名詞

14.　confection------------ a mixing of ingredients
　　註解　調混－只當名詞

15.　confederacy----------- a combination of states
　　註解　聯盟－只當名詞

16.　confer　　to consult with another
　　註解　商議－只當動詞

17.　conform　to agree to
　　註解　使一致－只當動詞

18.　congratulate----------- to rejoice with
　　註解　祝賀－只當動詞

19.　consign　to entrust with
　　註解　交付－只當動詞

20.　consolidate------------ to unite; to combine
　　註解　結合－只當動詞

21.　construction----------- a putting together
　　註解　建築－只當名詞

22.　convene　to meet or gather
　　註解　集會－只當動詞

23.　converge to come together towards a common point

> 註解　集中一點─只當動詞

24. converse to talk informally; opposite
    > 註解　相反的─可當動詞，名詞和形容詞

B. 如果一個字的字首爲<u>de</u> 就表示<u>向下</u>或<u>遠離</u>之意.

1. decrepit   broken down with age
   > 註解　老弱的─只當形容詞

2. deductionthat which is taken away
   > 註解　扣除─只當名詞

3. degrade   to reduce in rank
   > 註解　降級─只當動詞

4. depreciation----------- a lessening in value
   > 註解　貶值─只當名詞

5. descend   to go down
   > 註解　降下─只當動詞

6. despise   to look down upon
   > 註解　輕視─只當動詞

7. detach   to part; to separate
   > 註解　分開─只當動詞

8. deteriorate------------- to grow worse
   > 註解　變壞─只當動詞

9. deviate   to turn aside from
   > 註解　離題─只當動詞

10. deflate   to become smaller
    > 註解　緊縮─只當動詞

11. dejection sadness
    > 註解　沮喪─只當名詞

C. 如果一個字的字首爲<u>ex</u> 就表示<u>出於</u>，<u>遠離</u>或<u>超過</u>之意.

1. excel   to go beyond; to surpass
   > 註解　勝過─只當動詞

2. excessive beyond a just amount

註解 ｜ 過度的－只當形容詞

3. exhale   to breath out
   註解 ｜ 呼氣－只當動詞

4. exile   one driven from his country; to banish
   註解 ｜ 放逐－可當動詞和名詞

5. exorbitant-------------more than a just price
   註解 ｜ 過度的－只當形容詞

6. explode   to burst noisily
   註解 ｜ 爆炸－只當動詞

7. expulsion a driving or forcing out
   註解 ｜ 驅逐－只當名詞

8. exempt   freed from duty
   註解 ｜ 免除－可當動詞，名詞和形容詞

9. exonerate to free someone from blame
   註解 ｜ 免罪－只當動詞

D. 如果一個字的字首為 <u>im</u> 和 <u>in</u> 就表示<u>不是</u>或<u>不在內</u>之意，不過有些字 <u>im</u> 或者 <u>in</u> 被改成 <u>il</u> 或 <u>ir</u>.

1. immaterial------------of no consequence; unimportant
   註解 ｜ 不重要－只當形容詞

2. impassable-------------cannot be passed or traveled
   註解 ｜ 不能通行的－只當形容詞

3. improbable------------unlikely to be true
   註解 ｜ 似乎不可信的－只當形容詞

4. inadequate-------------not adequate; insufficient
   註解 ｜ 不充分的－只當形容詞

5. incapacitate------------to disable
   註解 ｜ 使不能－只當動詞

6. independent-----------not dependent
   註解 ｜ 獨立的－可當形容詞和名詞

7. indiscreet not discreet; rash
   註解 ｜ 不穩重的－只當形容詞

8.   inevitably-------------- unavoidably
　　　　 註解 不可避免地—只當副詞，原型爲形容詞

9.   inject   to force in
　　　　 註解 注入—只當動詞

10.   insanity   lack of sanity; madness
　　　　 註解 瘋狂—只當名詞

11.   insensible-------------- without feeling
　　　　 註解 不能感覺的—只當形容詞

12.   insignificant----------- unimportant
　　　　 註解 不關重要的—只當形容詞

13.   intolerant not tolerant
　　　　 註解 不能忍耐的—只當形容詞

14.   invasion   act of entering for attack
　　　　 註解 侵入—只當名詞

15.   inaudible not audible
　　　　 註解 聽不見的—只當形容詞

16.   incomparable----------not comparable
　　　　 註解 不能比較的—只當形容詞

17.   indispensable----------not dispensable
　　　　 註解 不可缺少的—只當形容詞

18.   insolence rudeness
　　　　 註解 粗野—只當名詞

19.   install   to set up; ready for use
　　　　 註解 安置—只當動詞

20.   illegal   unlawful; illegitimate; illicit
　　　　 註解 不合法的—只當形容詞

21.   illegible   not legible
　　　　 註解 不易讀的—只當形容詞

22.   irresistible------------- not resistible
　　　　 註解 不可抵抗的—只當形容詞

23.   irreparable------------- that which cannot be repaired

註解　不能修補的－只當形容詞

E.　如果一個字的字首為<u>inter</u>就表示<u>兩者之間</u>或<u>三者以上之間</u>之意.

1.　intercede to act between parties
　　　註解　從中調停－只當動詞

2.　intercept to cut off communication
　　　註解　截斷－可當動詞和名詞

3.　intercourse------------communication; commerce
　　　註解　交往－只當名詞

4.　interline to write between the lines
　　　註解　寫或註記於兩行之間－只當動詞

5.　intermediate----------- between extremes
　　　註解　中間的－可當形容詞和名詞

6.　intermingle------------ to mingle; together
　　　註解　混合－只當動詞

7.　interval　　space of time
　　　註解　中間休息時間－只當名詞

8.　intervene to come between
　　　註解　插入－只當動詞

9.　intervention------------noun of being " intervene "
　　　註解　調停－只當名詞

10.　interwoven-------------P.P.of being " interweave " (to weave togcther)
　　　註解　混雜在一起的－只當形容詞

F.　如果一個字的字首為<u>re</u>就表示<u>回復</u>或<u>再度</u>之意.

1.　reconcile to make friendly again
　　　註解　復交－只當動詞

2.　redeem　　to buy back
　　　註解　買回－只當動詞

3.　reform　　 to restore
　　　註解　改革－可當動詞和名詞

4.　reinstate to place in possession again

註解 恢復—只當動詞

5. replacement----------- restoration
   註解 代替—只當名詞

6. refute   to prove to be wrong
   註解 反駁—只當動詞

7. renominate-------------to nominate again
   註解 再度提名—只當動詞

G. 如果一個字的字首為 mis 就表示錯誤或不幸之意.

1. misbehave------------- to behave ill
   註解 行為不端—只當動詞

2. misdeed an evil deed
   註解 惡行—只當名詞

3. misfit   state of fitting badly
   註解 不適合—可當動詞和名詞

4. misfortune------------- bad fortune
   註解 不幸—只當名詞

5. misgiving-------------- sense of distrust
   註解 焦慮—只當名詞

6. misgovern------------- to govern ill
   註解 治理不善—只當動詞

7. misguidance-----------wrong guidance
   註解 指導錯誤—只當名詞

8. mishap   an accident; misfortune
   註解 災難—只當名詞

9. mislay   to lay in a wrong place
   註解 誤放—只當動詞

10. misname to name incorrectly
    註解 誤稱—只當動詞

11. misquote to quote incorrectly
    註解 錯引用—只當動詞

12. misrepresent----------to represent falsely
　　註解　誤傳－只當動詞

13. misrule　to rule badly
　　註解　苛政－可當動詞和名詞

14. mistrust　doubt; to suspect
　　註解　不相信－可當動詞和名詞

15. misunderstand--------to take in a wrong sense
　　註解　誤會－只當動詞

H. 如果一個字的字首為 <u>sub</u> 就表示<u>在下面</u>或<u>次等的</u>之意.

1. subcommittee--------- an under committee
　　註解　小組委員會－只當名詞

2. subdued　brought under; conquered
　　註解　被征服的－只當形容詞

3. subjugate to bring under control of
　　註解　征服－只當動詞

4. submarine--------------under water in the sea
　　註解　海底的－可當形容詞，名詞和動詞

5. submerge to put under water
　　註解　浸水－只當動詞

6. submit　　to yield; to surrender
　　註解　屈服－只當動詞

7. subordinate------------ holding an inferior rank
　　註解　次要的－可當形容詞和名詞

8. subscribe to sign one's name
　　註解　簽署－只當動詞

9. subsoil　　soil under the surface soil
　　註解　下層土－可當名詞和動詞

10. subway　　an underground way
　　註解　地下鐵道－只當名詞

11. subcontract------------ a contract
　　註解　副契約－可當名詞和動詞

12. subsidiary-------------something which is connected but of second importance to the main company
   註解 附屬的－可當形容詞和名詞

13. subterranean----------underground
   註解 地下的－只當形容詞

I. 如果一個字的字首為<u>un</u> 就表示<u>不是</u>之意.

1. unaffected------------- not affected; plain; simple
   註解 未受影響的－只當形容詞

2. unavoidable----------- not avoidable; inevitable
   註解 不可避免的－只當形容詞

3. unconscious----------- not conscious; not aware
   註解 無知覺的－只當形容詞

4. uneasiness------------- state of being uneasy
   註解 不舒適－只當名詞

5. uneventful------------- not eventful; monotonous
   註解 平靜無事的－只當形容詞

6. unbiased impartial; neutral; tolerant
   註解 不傾斜的－只當形容詞

7. unutterable-------------not utterable; not pronounceable
   註解 不能說出的－只當形容詞

J. 如果一個字的字首為<u>bi</u> 就表示<u>兩個</u>之意.

1. bicycle   vehicle with two wheels
   註解 腳踏車－可當名詞和動詞

2. biennial   every two years
   註解 兩年一次－可當名詞和形容詞

3. biped   a two-footed animal
   註解 兩足的－可當形容詞和名詞

4. bisect   to divide into two parts
   註解 分開為二－只當動詞

5. biweekly every two weeks

| 註解 | 兩週一次－可當名詞，形容詞和副詞

6. bicentennial----------- the day or year exactly 200 years after a particular event
| 註解 | 兩百年－可當名詞和形容詞

7. bicuspid premolar (having two cusps or points)
| 註解 | 雙尖牙－可當名詞和形容詞

K. 如果一個字的字首為<u>tri</u>就表示<u>三個</u>之意.

1. triangle figure with three angles
| 註解 | 三角形－只當名詞

2. triennial every three years
| 註解 | 三週年紀念－可當名詞和形容詞

3. triple threefold
| 註解 | 三倍－可當名詞，動詞和形容詞

4. tripod a three-legged stand
| 註解 | 三腳架－只當名詞

5. trisect to divide into three parts
| 註解 | 分成三部份－只當動詞

6. trio a group of three people
| 註解 | 三人組－只當名詞

7. triplicate consisting of three parts that are exactly alike
| 註解 | 三倍－可當名詞，動詞和形容詞

L. 如果一個字的字首為<u>quad</u>就表示<u>四</u>之意.

1. quadrennial------------ every four years
| 註解 | 每四年的－只當形容詞

2. quadrille square dance
| 註解 | 四對方舞－只當名詞

3. quadroon one who is one-fourth negro
| 註解 | 有黑人血統四分之一的人－只當名詞

4. quadruped------------- a four-footed animal
| 註解 | 四腳動物－可當名詞和形容詞

5.   quadruple-------------- fourfold

   註解   四倍—可當名詞，形容詞和副詞

M. 如果一個字的字首爲<u>semi</u> 就表示<u>一半或部份</u>之意.

1.   semiannual------------ twice a year

   註解   每半年的—只當形容詞

2.   semicircle--------------a half circle

   註解   半圓形—只當名詞

3.   semicivilized---------- party civilized

   註解   半文明的—只當形容詞

4.   semimonthly---------- twice a month

   註解   半月的—可當名詞，形容詞和副詞

5.   semiprecious---------- party precious

   註解   半珍貴的—只當形容詞

6.   semidetached----------being one of a pair of joined houses

   註解   房子半分離的—只當形容詞

N. 如果一個字的字首爲<u>ambi</u> 就表示<u>兩者或加倍</u>之意.

1.   ambivalent-------------having both positive and negative feelings

   towards someone or something

   註解   好與壞兩種予盾感情的—只當形容詞

2.   ambidextrous----------able to use both hands equally well

   註解   兩手均可使用的—只當形容詞

3.   ambiguous------------- able to be understood in more than one way; of

   unclear meaning

   註解   有兩種以上意義的—只當形容詞

O. 如果一個字的字首爲   <u>anti</u> 就表感情，<u>意見相左</u>之意.

1.   antinuclear-------------opposing the use of nuclear weapons and

   power

   註解   反核子的—只當形容詞

2.   anticlimax------------- something unexciting coming after something

exciting

> **註解** 漸減－只當名詞

3. antisocial not social; not like to mix with others

> **註解** 不喜社交的－只當形容詞

P. 如果一個字的字首爲<u>astro</u> 就表示<u>星星</u>，<u>星球</u>和<u>太空</u>之意.

1. astronomy------------- the study of the plants and stars

> **註解** 天文學－只當名詞

2. astrology the art of understanding the supposed influence on events and character of the stars and plants

> **註解** 占星學－只當名詞

3. astronaut a person who travels in a spacecraft

> **註解** 太空人－只當名詞

Q. 如果一個字的字首爲<u>audi</u> 和 <u>audio</u> 就表示<u>聲音</u>和<u>聽見</u>之意.

1. audible able to be heard

> **註解** 聽得見的－只當形容詞

2. audience the people listening to or watching a performance, speech, television show, etc.

> **註解** 聽眾，觀眾－只當名詞

3. audiovisual------------ of, for or concerning both sight and hearing

> **註解** 視聽教育的－只當形容詞

4. auditorium------------the space in a theater, hall, etc., where people sit when listening to or watching a performance

> **註解** 戲院－只當名詞

R. 如果一個字的字首爲<u>bio</u> 就表示<u>生命</u>和<u>生活</u>之意.

1. biochemistry---------- the scientific study of the chemistry of living things

> **註解** 生物化學－只當名詞

2. biodegradable-------- able to decay or disintegrate naturally

> **註解** 生物退化的－只當形容詞

3. biology   the scientific study of living things

   註解   生物學－只當名詞

S. 如果一個字的字首為 <u>geo</u> 就表示<u>土地</u>之意.

4. geology   the study of the materials (soil, rocks, etc.) which make up the earth

   註解   地質學－只當名詞

5. geography------------- the study of the seas, rivers, towns, etc., on the surface of the earth

   註解   地理學－只當名詞

T. 如果一個字的字首為 <u>fore</u> 就表示<u>早些</u>，<u>以前</u>和<u>在前面</u>之意.

1. foresee   to guess what is going to happen in the future

   註解   預知－只當動詞

2. forearm   the front part of the arm

   註解   前臂－可當名詞和動詞

3. forefront the most forward place

   註解   最前面－只當名詞

4. forecourt a courtyard in front of a large building

   註解   前庭－只當名詞

5. forefathera person from whom the stated person is descended

   註解   祖先－只當名詞

U. 如果一個字的字首為 <u>homo</u> 就表示<u>相同</u>和<u>好像</u>之意.

1. homogeneous--------- formed of parts of the same kind

   註解   同類的－只當形容詞

2. homosexual-----------attracted to people of the same sex

   註解   同性戀－可當名詞和形容詞

V. 如果一個字的字首為 <u>mono</u> 就表示<u>一個</u>和<u>單一</u>之意.

3. monorail a railway with only one rail

   註解   單軌鐵路－只當名詞

4.　monopoly------------- a situation where only one person or group sells a particular thing, produces something, etc.

註解　獨占－只當名詞

W. 如果一個字的字首爲 <u>multi</u> 就表示<u>很多</u>和<u>超過一個</u>之意.

1.　multistory-------------having many levels or floors

註解　多層建築－只當名詞

2.　multiple　including many different parts, types, etc.

註解　多樣的－可當形容詞和名詞

3.　multiplicity------------ a large number or great variety

註解　眾多－只當名詞

X. 如果一個字的字首爲<u>pre</u> 和 <u>pro</u> 就表示<u>第一</u>和<u>在前</u>之意，如果一個字的字首爲<u>post</u> 就表示<u>在後</u>之意.

1.　precaution------------- caution employed beforehand; prudent foresight

註解　預防－只當名詞

2.　predict　　prophesy; portend; augur

註解　預知－只當動詞

3.　prehistoric------------- before historical records were kept

註解　史前的－只當形容詞

4.　premature-------------- mature or ripe before the proper time

註解　早熟－可當名詞和形容詞

5.　preview　an earlier or previous view

註解　預先察看－可當名詞和動詞

6.　proceed　progress; pass on

註解　發出，繼續進行－可當動詞和名詞

7.　procrastinate-----------delay; defer

註解　拖延－只當動詞

8.　produce　to give rise to; create; generate

註解　生產－可當動詞和名詞

9.　promote　assist; elevate; exalt

> 註解   提升－只當動詞

10. propose   to suggest an idea or plan
> 註解   提倡－只當動詞

11. posthumous------------published after the death of author; born after the death of the father
> 註解   遺著的，遺腹的－只當形容詞

12. post meridian----------afternoon
> 註解   午後的－只當形容詞

13. postpone to put off until another time
> 註解   延期－只當動詞

14. post script--------------any addition or supplement of a letter or a book
> 註解   附筆－只當名詞，略作 P.S.

15. postwar   of pertaining to, or characteristic of a period following a war
> 註解   戰後的－只當形容詞

Y. 如果一個字的字首為 <u>circum</u> 就表示圍繞，如果字首為 <u>trans</u> 就表示橫過之意.

1. circuitousround about path or way of doing something
> 註解   迂迴的－只當形容詞

2. circuit   round; orbit; circumference
> 註解   周圍－只當名詞

3. circumstance---------- modifying or influencing factors
> 註解   情況－只當名詞

4. circumvent-------------to go around or bypass; entrap
> 註解   繞行－只當動詞

5. transact   enact; negotiate; conduct
> 註解   執行－只當動詞

6. transfer   to move or be moved from one place to another
> 註解   轉移－可當動詞和名詞

7. translate to change from one language to another
> 註解   翻譯－只當動詞

8. transoceanic----------- that which goes across the ocean
   註解 橫越海洋的－只當形容詞

9. transparent------------clear; pellucid; limpid
   註解 透明的－只當形容詞

Z. 如果一個字的字首爲<u>de</u> 就表示<u>向下</u>或<u>從何處</u>，如果字首爲<u>ex</u> 就表示<u>在外</u>，如果字首爲 <u>in</u> 就表示<u>在裏面之意</u>.

1. descend　to move or pass from a higher to a lower place
   註解 降下－只當動詞

2. deflate　 to remove the air from an object
   註解 放出空氣－只當動詞

3. depart　　to leave
   註解 出發－只當動詞

4. external　outer; outward
   註解 外部－可當形容詞和名詞

5. deformed malformed; crippled; misshapen
   註解 變形的－只當形容詞，原型爲動詞

6. exit　　　to go out
   註解 出口－可當動詞和名詞

7. explode　expand; burst
   註解 爆發－只當動詞

8. export　　to send commodities to other countries or places for sale
   註解 外銷－可當動詞和名詞

9. invade　　penetrate; attack
   註解 侵入－只當動詞

10. income　　money which is added or brought in
    註解 收入－只當名詞

11. inhabit　 to live or dwell in a place; indwell
    註解 定居－只當動詞

12. intrude　 to thrust or bring in without reason, permission, or welcome
    註解 闖入－只當動詞

字尾

A. 如果一個字的字尾爲<u>able</u> 和 <u>ible</u> 就表示<u>能夠</u>，<u>適合</u>或<u>值得</u>之意.

1. abominable------------ detestable; hateful
   | 註解 | 可惡的－只當形容詞

2. amenable liable to punishment
   | 註解 | 有責任的－只當形容詞

3. available able to be used
   | 註解 | 可利用的－只當形容詞

4. charitablekind; benevolent; liberal
   | 註解 | 仁慈的－只當形容詞

5. dependable------------ able to be depended upon
   | 註解 | 可靠的－只當形容詞

6. durable able to endure; lasting
   | 註解 | 耐久的－只當形容詞

7. innumerable----------- numberless; countless
   | 註解 | 數不清的－只當形容詞

8. intolerable------------- not able to be endured
   | 註解 | 無法忍受的－只當形容詞

9. laudable worthy of being commended
   | 註解 | 值得讚美的－只當形容詞

10. miserablein a state of misery
    | 註解 | 悲慘的－只當形容詞

11. notable worthy of note; remarkable
    | 註解 | 著名的－可當形容詞和名詞

12. objectionable---------- liable to be objected to
    | 註解 | 可反駁的－只當形容詞

13. palpable able to be felt; obvious
    | 註解 | 可感覺的－只當形容詞

14. passable able to be passed; mediocre
　　 註解 　可通行的－只當形容詞

15. profitable able to make a profit; useful
　　 註解 　有利益的－只當形容詞

16. reasonable------------- able to be reasoned out
　　 註解 　有理的－只當形容詞

17. remarkable-------------worthy of being noticed
　　 註解 　值得注意的－只當形容詞

18. venerable worthy of honor
　　 註解 　可尊敬的－只當形容詞

19. adaptable able to change or changed
　　 註解 　能適應的－只當形容詞

20. adjustable-------------- able to be changed slightly
　　 註解 　可調整的－只當形容詞

21. commendable--------- worthy of praise
　　 註解 　可稱讚的－只當形容詞

22. hospitable--------------showing attention to the needs of others
　　 註解 　寬容的－只當形容詞

23. accessible-------------- easy of access
　　 註解 　可親近的－只當形容詞

24. admissible------------- worthy of being admitted
　　 註解 　可接納的－只當形容詞

25. audible 　able to be heard
　　 註解 　可聽見的－只當形容詞

26. contemptible---------- deserving of contempt
　　 註解 　可輕視的－只當形容詞

27. convertible-------------able to be converted
　　 註解 　可改變的－可當形容詞和名詞

28. credible 　worthy of being believed
　　 註解 　可信的－只當形容詞

29. digestible capable of being digested

> 註解 | 可消化的—只當形容詞

30. divisible capable of being divided
> 註解 | 可以分的—只當形容詞

31. edible fit to be eaten
> 註解 | 可吃的—可當形容詞和名詞

32. expressible------------able to be expressed
> 註解 | 可表達的—只當形容詞

33. feasible able to be done
> 註解 | 可實行的—只當形容詞

34. flexible capable of being bent
> 註解 | 可彎曲的—只當形容詞

35. incorrigible------------ not able to be corrected
> 註解 | 積習難改的—只當形容詞

36. indefensible----------- not able to be defended
> 註解 | 不能防守的—只當形容詞

37. indestructible----------cannot be destroyed
> 註解 | 不能破壞的—只當形容詞

38. inexhaustible---------- cannot be exhausted
> 註解 | 不會耗盡的—只當形容詞

39. infallible not able to fail; unerring
> 註解 | 不會錯的—只當形容詞

40. invisible incapable of being seen
> 註解 | 看不見的—可當形容詞和名詞

41. irresistible------------- overpowering
> 註解 | 不可抵抗的—只當形容詞

42. legible able to be read; plain
> 註解 | 可讀的—只當形容詞

43. perceptible-------------able to be noticed
> 註解 | 可察覺的—只當形容詞

44. responsible------------ able to answer for one's conduct; accountable
> 註解 | 有責任的—只當形容詞

45. susceptible------------easily affected
   > 註解　易受影響的－只當形容詞

46. tangible　able to be touched; real
   > 註解　可觸覺的－可當形容詞和名詞

47. combustible----------- can catch fire and burn easily
   > 註解　易燃的－可當形容詞和名詞

48. indelible　cannot be erased
   > 註解　不能擦掉的－只當形容詞

49. irrepressible---------- too strong or forceful to be held back
   > 註解　不能壓制的－只當形容詞

50. permissible------------ allowed; permitted
   > 註解　可允許的－只當形容詞

B. 如果一個字的字尾為 <u>ance</u> 就表示<u>行動</u>或<u>描述</u>之意.

1. abeyance temporary suspension
   > 註解　中止－只當名詞

2. alliance　state of being allied; a union
   > 註解　聯盟－只當名詞

3. assurance act of assuring; confidence
   > 註解　信心－只當名詞

4. endurance--------------act of enduring
   > 註解　忍耐力－只當名詞

5. fragrance a pleasing odor
   > 註解　香味－只當名詞

6. insurance act of insuring
   > 註解　保險－只當名詞

7. observance-------------act of observing a custom; a ceremony
   > 註解　遵守－只當名詞

8. performance----------- act of performing
   > 註解　實行－只當名詞

9. temperance------------ state of moderation
   > 註解　自制－只當名詞

10.   contrivance----------- act or manner of contriving
　　　　 註解　計劃－只當名詞

11.   guidance help, advice
　　　　 註解　指導－只當名詞

12.   inheritance------------ state of inheriting
　　　　 註解　繼承－只當名詞

C. 如果一個字的字尾爲ende，其意義與字尾ance相同，就表示**行動**
　　或**描述**之意.

1.   absence   state of being absent
　　　　 註解　缺席－只當名詞

2.   benevolence----------- an act of kindness
　　　　 註解　仁慈－只當名詞

3.   conference------------- act of conferring
　　　　 註解　會議－只當名詞

4.   confidence------------- act of confiding; trust
　　　　 註解　信任－只當名詞

5.   independence----------state of being independent
　　　　 註解　獨立－只當名詞

6.   innocence-------------- state of being innocent
　　　　 註解　清白－只當名詞

7.   residence act of being residing
　　　　 註解　居住－只當名詞

8.   reverence state of being respected
　　　　 註解　尊敬－可當名詞和動詞

9.   eloquence-------------- state of being eloquent
　　　　 註解　辯才－只當名詞

10.   negligence------------- state of being negligent
　　　　 註解　過失－只當名詞

D. 如果一個字的字尾爲ant可以當形容詞和名詞，當名詞用就表示
　　某一個人之意.

1. abundant abounding; plentiful
   註解 充足的－只當形容詞

2. applicant one who applies
   註解 申請人－只當名詞

3. assistant one who assists
   註解 助手－可當名詞和形容詞

4. attendant one who attends
   註解 出席的人－可當名詞和形容詞

5. brilliant sparkling; very bright
   註解 光輝的－只當形容詞

6. ignorant lacking knowledge
   註解 無知識的－只當形容詞

7. inhabitant-------------- one who inhabits
   註解 居民－只當名詞

8. occupant one who occupies
   註解 佔有者－只當名詞

9. reluctant unwilling; disinclined
   註解 不願意的－只當形容詞

E. 如果一個字的字尾為<u>ent</u>，其意義與字尾<u>ant</u> 相同.

1. apparent appearing; visible
   註解 明白的－只當形容詞

2. component------------- composing; a part
   註解 成分－可當名詞和形容詞

3. convenient------------- affording ease
   註解 方便的－只當形容詞

4. correspondent--------- one who corresponds
   註解 通信者－可當名詞和形容詞

5. diligent keeping busy
   註解 勤勉的－只當形容詞

6. obedient willing to obey
   註解 服從的－只當形容詞

7.   opponent one who opposes
     註解   對手－可當名詞和形容詞

8.   permanent------------- lasting; abiding
     註解   永久的－可當形容詞和名詞

9.   persistent enduring
     註解   堅持的－只當形容詞

10.   resident   one who resides
     註解   居民－可當名詞和形容詞

11.   despondent------------ feeling a complete loss of hope and courage
     註解   消沉的－只當形容詞

12.   equivalent--------------same; equal
     註解   相等的－可當名詞和形容詞

13.   insolvent not having money to pay what one owes
     註解   破產的－可當形容詞和名詞

14.   prudent   sensible and wise; careful
     註解   謹慎的－只當形容詞

15.   urgent   very important and needing to be dealt with quickly or first
     註解   急迫的－只當形容詞

F. 如果一個字的字尾爲<u>er</u>就表示<u>某一個人</u>或<u>某件事</u>，同時也表示爲
    形容詞的比較級.

1.   admirer   one who admires
     註解   讚美者－只當名詞

2.   consumer one who consumes
     註解   消費者－只當名詞

3.   customer one who repeatedly buys
     註解   顧客－只當名詞

4.   diameter a line through the center
     註解   直徑－只當名詞

5.   disaster   a misfortune; a calamity
     註解   災難－只當名詞

6.   disorder   confusion

> **註解** 失序－可當名詞和動詞

7.　oftener-----comparative of 　　 "often"
> **註解** 時常的－可當形容詞和副詞，此爲比較級

8.　philosopher------------ one versed in philosophy
> **註解** 哲學家－只當名詞

9.　photographer---------- a maker of photographs
> **註解** 攝影者－只當名詞

10.　plasterer　one who covers with plaster
> **註解** 塗石灰泥的人－只當名詞

11.　prisoner　one held under restraint
> **註解** 囚犯－只當名詞

12.　purchaser one who buys
> **註解** 購買者－只當名詞

13.　rambler　on who rambles
> **註解** 漫遊者－只當名詞

14.　shelter　　that which reminds one
> **註解** 避難所－可當名詞和動詞

15.　charter　　a document, issued by a sovereign or state
> **註解** 特許狀－只當名詞

16.　promoter a person who promotes
> **註解** 提倡者－只當名詞

17.　slanderer one who slanders
> **註解** 誹謗者－只當名詞

18.　voucher　one who or that which vouches
> **註解** 擔保人或擔保物－只當名詞

19.　waiver　　that which waives
> **註解** 放棄－只當名詞

G.　如果一個字的字尾爲<u>or</u>就表示某一個<u>人</u>或某一件<u>事</u>，同時也表示
　　某種<u>行動</u>或某種<u>陳述</u>之意.

1.　administrator---------- one who administers an estate
> **註解** 管理人－只當名詞

2. ambassador------------ an official representative
    註解 大使－只當名詞

3. bachelor a man who is unmarried
    註解 單身漢－只當名詞

4. candor   state of being candid
    註解 公平－只當名詞，同 candour

5. conductor-------------- a director
    註解 指揮者－只當名詞

6. distributor--------------one who distributes
    註解 提供者－只當名詞

7. elevator   that which raises
    註解 電梯－只當名詞

8. error   act of erring
    註解 錯誤－只當名詞

9. inferior   lower in rank; a lower on
    註解 下級－可當名詞和形容詞

10. inspector one who inspects
    註解 檢查員－只當名詞

11. odor   that which may be smelled
    註解 氣味－只當名詞

12. proprietor-------------- one who owns
    註解 所有者－只當名詞，同 owner

13. radiator   that which radiates
    註解 放熱器－只當名詞

14. rumor   a popular report
    註解 傳言－可當名詞和動詞

15. senior   older; one who is older
    註解 年長者－可當形容詞和名詞

16. junior   younger; younger one
    註解 年少者－可當名詞和形容詞

17. superior   higher in rank; a higher one

註解 超越的—只當形容詞

18. vigor   energy; strength
註解 精力—只當名詞，同 vigour

19. corridor a passage
註解 通道—只當名詞

20. emperor the head of an empire
註解 君主—只當名詞

21. predecessor------------ a person who held an official position before someone else
註解 前任—只當名詞

H. 如果一個字的字尾為 <u>ar</u> 就表示<u>某一個人</u>或<u>某一件事(物)</u>之意.

1. altar   a raised structure used in worship
註解 神壇—只當名詞

2. beggar   one who begs
註解 乞丐—只當名詞

3. circular   round
註解 圓的—可當形容詞和名詞

4. insular   pertaining to an island
註解 島嶼的—只當形容詞

5. mortar   a building material
註解 灰泥—可當名詞和動詞

6. particular pertaining to detail
註解 特別的—可當形容詞和名詞

7. peculiar   queer; strange
註解 奇怪的—只當形容詞

8. registrar one who keeps records
註解 登記員—只當名詞

9. singular   unusual
註解 非凡的—可當形容詞和名詞

10. vicar   a church official
註解 牧師—只當名詞

11.　angular　having sharp corners; thin
　　註解　有角的－只當形容詞

12.　columnar shaped like a column
　　註解　圓柱的－只當形容詞

13.　polar　　near; like
　　註解　極端相反的－只當形容詞

14.　seminar　a discussed course of university
　　註解　大學討論課程－只當名詞

I.　如果一個字的字尾爲 ize 就表示製造或做某件事(物)之意.

1.　apologize to make an apology
　　註解　道歉－只當動詞

2.　authorize to clothe with authority
　　註解　認可－只當動詞

3.　characterize------------to indicate the character of
　　註解　述説－只當動詞

4.　fertilize　to make fertile
　　註解　施肥－只當動詞

5.　materialize-------------to become a realized fact
　　註解　使具體化－只當動詞

6.　standardize------------ to make like a standard
　　註解　使標準化－只當動詞

J.　如果一個字的字尾爲 ise，其意義與字尾 ize 相同.

1.　chastise　to punish by whipping
　　註解　鞭打－只當動詞

2.　despise　　to look upon with contempt
　　註解　輕視－只當動詞

3.　devise　　to invent; to give by will
　　註解　發明－可當動詞和名詞

4.　revise　　　to correct
　　註解　校正－可當動詞和名詞

5. supervise to superintend
   註解　監督－只當動詞

6. surmise　to imagine
   註解　猜測－可當動詞和名詞

7. compromise----------- to settle an argument or differences of opinion by taking a middle course acceptable to all sides
   註解　折衷處理－可當動詞和名詞

K. 如果一個字的字尾為 <u>yze</u>，其意義與字尾 <u>ize</u> 相同.

1. paralyze to strike with paralysis
   註解　使麻痺－只當動詞，同paralyse

2. monopolize------------to have or obtain a monopoly
   註解　獨佔－只當動詞

3. sympathize------------ to feel or show sympathy or approval
   註解　同情－只當動詞

4. visualize to form a picture of something or someone in the mind; imagine
   註解　想像－只當動詞

L. 如果一個字的字尾為 <u>ment</u> 就被用做名詞，多數來自動詞，就表示<u>行動</u>，<u>陳述</u>或<u>某種事物</u>.

1. accomplishment------ that which is accomplished
   註解　實現－只當名詞

2. adjournment----------- act of adjourning
   註解　延期－只當名詞

3. confinement----------- state of being confined
   註解　限制－只當名詞

4. contentment----------- state of being contented
   註解　滿足－只當名詞

5. discernment----------- act of discerning
   註解　洞察力－只當名詞

6. enlargement----------- state of being enlarged

註解 擴大－只當名詞

7. environment----------- surroundings

註解 環境－只當名詞

8. fulfillment------------- act of fulfilling

註解 實踐－只當名詞

9. pavement that which is paved

註解 鋪路－只當名詞

10. refinement------------- act or result of refining

註解 精製之物－只當名詞

11. sentiment feeling; an opinion

註解 感情－只當名詞

12. astonishment---------- great surprise or wonder

註解 驚恐－只當名詞

13. embarrassment-------- feeling of being ashamed or uncomfortable

註解 困窘－只當名詞

14. ornament something which is added to make something else more beautiful

註解 裝飾品－可當名詞和動詞

15. resentment------------- the feeling of resenting bad treatment

註解 憤恨－只當名詞

M. 如果一個字的字尾為 tion 就被用做名詞，表示陳述或行動某事(物).

1. agitation act of agitating

註解 搖動－只當名詞

2. alteration act of altering

註解 交替－只當名詞

3. approbation------------ act of approving

註解 認可－只當名詞

4. commendation-------- act of commending

註解 稱讚－只當名詞

5. consultation----------- act of consulting

　　　　　　　註解　商議－只當名詞

6.　demonstration--------- act of demonstrating
　　　　　　　註解　表演－只當名詞

7.　desolation------------- state of being desolated
　　　　　　　註解　荒廢－只當名詞

8.　exhibition------------- display
　　　　　　　註解　陳列品－只當名詞

9.　intimation------------- a hint
　　　　　　　註解　暗示－只當名詞

10.　restoration------------ act of restoring
　　　　　　　註解　復元－只當名詞

11.　supposition------------ an opinion
　　　　　　　註解　推測－只當名詞

12.　vexation　state of being displeased
　　　　　　　註解　煩惱－只當名詞

13.　assumption------------ state of assuming
　　　　　　　註解　假定，傲慢－只當名詞

14.　conservation-----------the act of conserving
　　　　　　　註解　保存－只當名詞

15.　duration　the time during which something exists or lasts
　　　　　　　註解　持續的時間－只當名詞

16.　insertion　the act of inserting
　　　　　　　註解　插入－只當名詞

17.　toleration the quality or practice of allowing opinions, beliefs, behavior, etc., different from one's own, to be held and practiced freely
　　　　　　　註解　容許，信仰自由－只當名詞

N.　如果一個字的字尾為 sion，其意義等同字尾 tion。

1.　allusion　act of alluding; a hint
　　　　　　　註解　暗示，提及－只當名詞

2.　collision　act of colliding; a clash
　　　　　　　註解　碰撞－只當名詞

3.   concession------------ act of conceding; a grant
   註解   讓步—只當名詞

4.   mission   a sending on some service
   註解   任務—只當名詞

5.   occasion an occurrence
   註解   特殊的大事—可當名詞和動詞

6.   omission something left undone
   註解   遺漏—只當名詞

7.   oppression------------- act of oppressing; tyranny
   註解   被壓迫狀況—只當名詞

8.   persuasion------------ a belief
   註解   信念—只當名詞

9.   possession------------ property
   註解   財產—只當名詞

10.   revision   a review
   註解   校正—只當名詞

11.   submission-------------obedience
   註解   屈服—只當名詞

12.   supervision------------ act of overseeing
   註解   監督—只當名詞

13.   comprehension--------the act understanding
   註解   理解—只當名詞

14.   dimension--------------a measurement in any one direction
   註解   長，寬和高，面積—只當名詞

15.   provision the act of providing
   註解   準備—可當名詞和動詞

16.   suspension------------- the act of suspending or state of being
      suspended
   註解   停止—只當名詞

O. 如果一個字的字尾為 <u>cide</u> 是被用做名詞，而且其意義為<u>宰殺</u>.

1.   suicide   the act of killing oneself

註解 自殺－只當名詞

2. insecticide------------- a chemical substance made to kill insects
   註解 殺蟲劑－只當名詞

P. 如果一個字的字尾爲 <u>logy</u> 和 <u>ology</u> 是被用做名詞，其意義則爲<u>某種科學</u>或<u>某種研究</u>.

1. geology the study of the materials which make up the earth
   註解 地質學－只當名詞

2. sociology the scientific study of societies and human groups
   註解 社會學－只當名詞

Q. 如果一個字的字尾爲<u>ship</u>就表示<u>陳述</u>或<u>狀況</u>之有或<u>進行當中</u>；同時也表示<u>技術</u>之意.

1. friendship-------------- the condition of having a friendly relationship
   註解 有誼－只當名詞

2. scholarship------------ the knowledge, work or method of scholars
   註解 學問－只當名詞

3. workmanship----------skill in making things
   註解 手藝－只當名詞

4. musicianship---------- skill in performing or judging music
   註解 音樂技藝－只當名詞

R. 如果一個字的字尾爲<u>ward</u> 和 <u>wards</u> 當做形容詞和副詞時，它們的意義就表示<u>方向</u>.

1. backward directed toward the back, the beginning, or the past
   註解 向後－可當形容詞和副詞

2. homeward------------- going toward home
   註解 回家，回國－可當形容詞，同homewards

國家圖書館出版品預行編目資料

TOEFL 托福字彙. 下冊／李英松著. --再版.--新北市：李昭儀，2022.3
　　面；　公分
ISBN 978-957-43-9676-4 (全套 ： 平裝)

1. CST：托福考試 2. CST：詞彙

805.1894　　　　　　　　110022865

TOEFL托福字彙.　下冊

作　　者　李英松
校　　對　李英松、李昭儀
發 行 人　李英松
出　　版　李昭儀
　　　　　　E-mail：lambtyger@gmail.com
　　　　　　郵政劃撥：李昭儀
　　　　　　郵政劃撥帳號：0002566 0047109
設計編印　白象文化事業有限公司
　　　　　　專案主編：水邊　　　經紀人：徐錦淳
代理經銷　白象文化事業有限公司
　　　　　　412台中市大里區科技路1號8樓之2（台中軟體園區）
　　　　　　出版專線：（04）2496-5995　　傳真：（04）2496-9901
　　　　　　401台中市東區和平街228巷44號（經銷部）
　　　　　　購書專線：（04）2220-8589　　傳真：（04）2220-8505
印　　刷　普羅文化股份有限公司
初版一刷　2022 年 3 月
定　　價　500 元